U0044791

覃合理詩歌集

中

覃合理／著

目錄

第 456 首 . 夫妻

一個剛強、正直、
勇敢、熱情的男子
和一個善良、溫順、
而通情達理的女子
他們走到一起
移動今生的步伐
以及躍過渴望
與時間交換的心
得到信任
他們今生的相遇
是累積了多少
前世的情緣和福報
才能銜接上今生
塵世幸福的舞台
他們不知疲倦的用了
多少火紅顏色的愛情
描繪天涯海角的色彩
使人生圓滿

走在似曾相識的天地間
彷彿身在重溫舊夢的陶醉裏
無論身在何處
都希望花香散滿四周
身旁也能嗅到幸福的芬芳
然後相依為命的依靠著生活
讓兩顆相戀的心點燃生命的火焰

（繼續第 456 首. 夫妻）
在彼此的身邊陪伴
激盪出生生不息的愛
打造著幸福的基礎
建立溫馨和諧的家庭

當他們離別時
像等在排隊的牆角
久久的等啊等
時間飄然著保持浪漫
當他們再相聚時
像迎風飛舞的蝴蝶
圍繞著幸福的花香
美麗而圓滿

第 457 首 . 習慣

我們在順境中
習慣用
美好的遐想
來描繪希望的結果
習慣在
改變命運時
心情起伏不止
習慣在
漫長的雨季中
等待生機盎然的花朵

（繼續第 457 首. 習慣）
習慣為
一些遙遠的夢想
日夜奔忙

當你習慣了目前的生活
你會看到晴朗的天空
只有平靜的蔚藍
覺得烏雲太過孤單
而面對四周還能有什麼期望？

「習慣」決定了性格
性格影響了人生
「習慣」能改變自己
要在堅定中翻過
改變的這一頁面
打開人生的缺口
用良好的習慣
讓自己清醒和堅強
慢慢的吸引著自己
往成功的方向進展

第 458 首. 真實的願望

假如人生不再需要有什麼
「假如」
但有比「假如」更活潑的希望

（繼續第 458 首. 真實的願望）
是因為有願望而不是妄想
希望
每個人都能躲開
充滿危險的誘惑
節制著隨意的揮霍
過著遠離塵世浮華的生活
那麼就須改變自己的心態
去欣賞學習優秀的賢能
才能主宰現實的生活
掌握真實的命運

希望
我們對人生的了解
不只在於片面就下判斷
希望
我們不要遺忘模糊的淚水
曾去尋求一個遙遠的安慰
希望
我們有強壯的翅膀
能依靠著自身的力量成長茁壯
能冷靜的立起來飛越「假如」的夢幻
那時「假如」已不再只是自我的陶醉
而是一個真實的願望

第 459 首 . 祝福好友們新年快樂

讓一切的不快成為雲煙
讓歲末年終的祝福不斷
讓我們記住美好的回憶
讓我們迎接開心的新年

而我們在年終的時候
希望
能刪除一些舊的困擾
實現新的願望
封鎖所有的憂愁
快樂過好新年的每一天

在這些日子以前
我常在憂愁的生活裏穿梭
有時站在流浪的街頭
有時為生活的難題所惑
小雨成為我的朋友
它滋潤了我的心窩
北風也為我吹來
希望的氣息
天空為我露出
愉快又溫暖的微笑
讓慈祥的太陽重新探出頭來
給了我新春的氣象

（繼續第 459 首. 祝福好友們新年快樂）
一年中我難免出現差錯
難免遇到了些挫折
在朋友的幫忙中
被熱情感動
彷彿得到了冬天的炭火
到年末年終的時候
也還過得不錯
失去的信心
也能踏實的再擁有

感謝好友們給我這麼多
支持與鼓勵
我也要祝福好友們
新年快樂

第 460 首. 忙碌的雙手

請你把忙碌的雙手
暫時停下來吧！
停下來喝一杯咖啡
或坐下來聽一段音樂
或放下心看一片美麗的天空
慰藉心靈的緊張
聆聽些悅耳的歌曲
生活不應只是進行計劃
而不停歇的

（繼續第 460 首. 忙碌的雙手）
就在這美麗的夜晚
或許你要承受生活的壓力
必須忍受體力與精神的耗損
讓忙碌的汗水溶於淚水中
但雙手卻不能停歇
或許你還穿著早已發黃的制服
戴著遮不住白髮的帽子
不敢回望茫茫的路
等待幸福的燈火
照耀這個
散發著苦澀的生活
這像是個必然的負擔
在忙碌中只有默默的付出
希望能有多一點收入
來解決生活的困境

或許忙碌是為了幸福
讓我們沒有時間過得舒服
或許奔波是一種滿足
讓我們感受充實的快樂
或許疲憊只是短暫
讓我們不怕漫長的辛苦
或許坎坷是一種考驗
讓我們實現理想取得成功

讓我們在忙碌中
多休息吧！

（繼續第 460 首. 忙碌的雙手）
幫助我們
度過充實的人生
讓人生充滿生活的樂趣

第 461 首. 歲月的意義

從歲月中領悟了生命的意義
我才發現自己的空虛無依

人生本來就要
好好的學習
好好的的活著
好好的去愛自己
青春雖然短暫
但不要感慨也不該嘆息
要能時常的提醒著自己
該做些什麼有意義的事
像初學的孩子
顯得活潑、好奇

過多的聰明和自信
總像過多的色彩
裝繪著複雜炫目的圖案
教人難以釐清所以然
然而雖有複雜的疑慮
但我們有

（繼續第 461 首. 歲月的意義）
學習教化人心的老師
他們把自己的青春歲月
飛揚在粉筆的千頭萬緒中
書寫著簡單的道理
教我們如何去尋覓
那最珍貴的意義

於是我們在
學而時習中快樂的成長
了解老師奉獻的偉大
了解自己曾經的過失
開始知道要懂得
做人處事的道理
讓自己渡向風平浪靜的彼岸
懂得什麼是真實的美麗
懂得在歲月中用簡單的色彩
描繪出生命的神奇

第 462 首．溫柔的晚風

今夜的晚風特別溫柔
讓明月浪漫白雲悠悠
帶著美好的思念
飄到我的身邊
願好友此生幸福無憂

（繼續第 462 首. 溫柔的晚風）
祝福的風中瀰漫著
離別的氣息
送別的酒香情意濃
此時遠方的晚鐘飄來
悠揚的經聲讓人心動
聽此佛音令人心情解脫
敲醒了我們往日的迷茫

我終於領悟了信仰的天空
了解「傳佛心印、不立文字、
教外別傳、直指人心、見性成佛」
了解佛祖為何捻花示眾不語
了解迦葉尊者為何妙悟微笑
當志堅決了卻塵緣讓心虛無地
進入蒼穹之中去尋找生命的寄託

第 463 首 . 假日

假日讓我
有足夠的優閒
竟忘記了疲憊
完全沉浸在浪漫的時光中
盡情享受著溫暖的陽光
呼吸著瀰散在大自然裏
花草樹木的芳香

（繼續第 463 首. 假日）
沿途的風景誘人
繼續沿著小溪快樂的流淌
它正為枯躁的生命
注入活躍的能量
激起一朵朵美麗的嚮往
讓年輕的生命神采飛揚
讓我感到大自然的神奇與美妙
讓我放下自己的思想
展開想像的翅膀
在藍天上飛翔

我看到了小草聞到了芬芳的花香
來到了一片花的美景中
彷彿置在花的海洋
各種各樣的花爭奇鬥豔
都在綻放著生命的芳香
彷彿等待我的到來

我感謝假日的美好時光
讓一些遺忘的歡樂和笑聲
隨著樹上的鳥兒飛來
停在我身旁
能夠讓所有的歡樂
圍繞在需要的時光

第 464 首 . 真心的相愛

如果
能真心的相愛
就讓愛情
譜成一首動人的戀曲
如果
緣份是最美的相遇
就讓我們一同享有
那份浪漫和快樂

記得此情綿綿地久天長
在花前月下的談笑風聲
尋覓那溫柔端莊的倩影
甜蜜的笑容是多麼快樂
足以令人心海起伏震動

想起每一次的分離
依依難捨思緒凝重
常愁眉淚眼憔悴心痛
愛的情海
怎能不起波濤洶湧
愛情又怎經得起悲歡離合

只要能彼此相愛
就不畏花前月下 冷風吹
在寒冬踏嚴霜 也願相隨
從此珍惜此情 常相守候
無憾人生有此願 已足夠

第 465 首.沉默的生活

迎風沉默的平淡生活
最愛夕陽的餘暉
褪盡了牽掛
風吹開寂寞的水面
快樂的唱歌
只有彎彎的月兒
露出了笑容
望著月兒還有星兒來作伴
在無數的夜晚漸漸的沉默

也許心也老了
只好在夜色疲憊的時候
尋求一雙溫柔的眼睛
帶我走出內心的沙漠

寫下沉默的詩一首
輕描淡寫
也就像徘徊的風
和寂寞的小河
都成一場夢
醒來在茫茫的人海中
找回渴望的感受

第466首.分工合作

在這個世界上生存
需要別人的幫助才能把
想要做到的事情
做得更完美、更仔細
需要分工合作的努力
才能提高效率
需要經過了許多的挫折
才能度過艱困的危機
迎來了勝利
需要眾人的齊心協力
才能沿著理想和希望的
方向順利前進

我們有時會聽到
一些閒言閒語
會想讓自己先平靜下來
思考究竟那裏出了問題
然後彎下腰來更加努力
不管經過了多久
也不會改變我們的計劃
甚至連風雨也不能阻擋
我們的前進

雖然不再為挫折所惑
卻還在為希望而煩惱
不是我們的努力不夠

（繼續第 466 首. 分工合作）
而是根本的能力不足
當我們團結合作的去奮鬥時
卻感到缺少許多的經驗
和名師的指點

我們對於理想的希望還在加深中
並迫不及待地想從現在開始
我們知道應該繼續的堅持下去
堅持分工合作齊心協力
堅持前進的勇氣
堅持奮鬥直到勝利

第 467 首 . 他的小聰明

他曾認真的讀很多書
學了許多知識
長大後卻徘徊在
物質的慾望中
永不滿足
也曾艱苦的創過業
用智慧和實力
堅持不懈的奮鬥
並燃起著希望的熱情
埋頭苦幹
但卻常徒勞而無功

（繼續第 467 首. 他的小聰明）
後來又受景氣蕭條影響
對事業造成許多呆帳
他因此負債累累
同時投資的房地產
也面臨共同的危難
他對自已的前途
有絕大信心
即使遇到了困難
也從不悲觀失望
他把一些的嘲笑當作激勵
把一些勸告當作安慰
把同情當作關懷

他依靠著天生的小聰明
自由自在的辦些小事
想學四兩撥千斤
雖能取巧但無大志
常沉溺在顧影自憐中
而欣然自得
他唯一的長處
就是自作聰明
談話中常發點小牢騷
來掩蓋他的失意
讓許多人還誤以為
他很有才華

第 468 首 . 自在的生活

喜歡一種自在的生活
讓我沐浴在大自然的懷抱中
看天空朵朵白雲悠悠的飄過
讓身心融入其中
用心聆聽自然的聲音
是一首令人陶醉的樂曲
似一段在平淡的歲月裏
放慢的節奏
像大自然為我奏出的動聽旋律

慢下來的生活用浪漫的詩句
讚咏可貴的美好時光
回想在過去的歲月裏
像一陣憂鬱的風吹過
讓一朵朵鮮花
綻放出無辜的笑容
讓多愁的果實在風中成熟

回到鄉村的天氣依然這樣清新
似乎一切美好的事物
都在我眼前呈現
像春天的陽光一樣溫暖
此時歲月不再為苦難蹉跎
不再為一生而沉重

第469首.一位朋友永遠的離開了悼念好友文祥

一位朋友因傷
而突然的永遠離開了
想不到他就這樣輕易的走了
原來人生是如此的無奈
年輕的生命
還未曾享受到美好的生活
就已經遺憾的離去

記得不久前我們還在泡茶聊天
我對他的受傷表達憂心
對他還有一些關懷的叮嚀
可是他為了家庭的負擔
而選擇了危險的勞動
讓意外的工安
傷害了他原本憔悴的身體
想到還有一些沒說完的話
不禁淚流感傷
不敢相信他就這樣離我們而去
留下他的妻兒老母
在漫長的人生裏哀傷

我一直以為
他的人生可以到終老
直到他的離去
我垂下了頭
只能用眼淚祝福他到天堂

（繼續第 469 首. 一位朋友永遠的離開了悼念好友文祥）
也許我該說點什麼
我的故事中有他全部的過往
有他堅強的浪花傾訴著苦難
彷彿他優美的站在遠方
令我忘了
他已消失在人間的苦海裏

記得他曾對我說
要活著好好享受人生
不要過得太辛苦
他卻自己也沒做到的走了
我除了感傷
也不能再令他轉身
我知道他正帶著動人的笑容
在不遠的天堂
燃起點點的星光

第 *470* 首 . 打開窗

白天我總喜歡打開窗
以保持空氣清新流暢
讓溫暖的陽光進來
照得我心裏暖洋洋
然後告訴自己
今天的生活是美好的

（繼續第 470 首. 打開窗）

打開窗
也像打開心靈之窗
它像是我們溝通的語言
陽光的語言
向我們訴說重逢的溫暖
像珍貴的友誼一如以往
風的語言向我們表達
一路順風的友誼
讓我們呼吸著善良的風氣
打開友誼之窗　患難與共
表現出互信互助的感情

如果我們每天打開心靈之窗
讓幸福的陽光進來
讓溫暖和快樂的風流暢
把痛苦帶走
讓快樂和幸福充滿每個角落

第 471 首 . 選擇

選擇不是一項艱難的決定
如果沒有積極的創新
就沒有不同凡響的進步
實行中不論有多麼困難
我們也不應屈服
把精力用在工作和學習上

（繼續第 471 首. 選擇）
不在浮華的世界中沉浮
這樣的人生才有意義
才能跟著大家一起進步

無論做了什麼選擇
都不應只追求自己的利益
也要對社會有所幫助
讓追求完美的目標
決不只是榮華富貴
也應為社會造福
這樣短暫的一生
才會有成就的滿足

我們要先找到自己熱愛的事物
才能找到理想和快樂
當我們擁有美麗的人生
當我們選擇轉折的當下
要知道該做到的是什麼目標
知道該放下的是什麼包袱
為了理想的生活
讓每個選擇都能衷於自己

漫長的人生有許多
必須的選擇
必須自己承擔
苦惱委曲也必須自己承受
每天進步一點
就能讓我們得到想要的幸福

第 472 首．生命的春天

當你進入生命的春天
帶著你的希望
朝著夢想前進
你會發現世界
已開始為你而明亮
你會欣然迎接這份
青春的光采
勇敢的來探索
那生命的春天

春天總是帶來美好的遐想
想像著
希望的種子萌芽成長
漫山遍野的百花悄然怒放
快樂的鳥兒悠閒的歌唱
讓我們也感受到
生命的春天是充滿希望
希望著生命
徜徉在陽光的明媚中
流淌在幸福的愛河裏

人生也像松柏一樣
不畏霜雪寒冬
四季長青傲然挺立
我們不要誤以為春天已過
一去不回而垂頭喪氣

（繼續第 472 首. 生命的春天）
要讓生命像松柏一樣堅忍
像綻放的花朵 美麗芬芳
要不斷的追求和努力
在生命的春天
播下希望的種子
灌溉出生命的花朵

收穫著生命的喜悅

滿足的成長
迎接美好的
每一個春天到來

第 473 首 . 表達

當表達成為希望的話題
讓人想像在陽光下有溫暖的天氣
讓人願意相信在漫天風雪中
有梅花綻放的勇氣
讓人期待在挫折中
有展現智慧解決危機的能力

我們需要多充實知識與閱讀能力
才能有正確的表達能力
並透過多交談
多與人溝通才能有進步
表達需克服說話的恐懼

（繼續第 473 首. 表達）
需要不怕說錯和批評
或不怕說出的話題了無生趣
因為表達需要不斷的練習
需要嘗試著說出來
才有改進的機會
表達也需要學會查言觀色
和多說好話 多說對的話
並以對方為中心
慢慢深入主題才能說服人心

表達的能力
是一種思緒和智慧的表現
需自我要求才能有
完整的詞句來說服別人
需不斷的充實知識
和生活經驗的累積
才能說出合乎邏輯的分析

第 474 首 . 美的感受

美是一種主觀感受
它無所不在
生活中有許多關於美的畫面
適足以令人感動
或許我們有不同的見解
不同的聯想

（繼續第 474 首. 美的感受）
讓我們所看到的美也不一樣
因為美本來就是一種抽象的藝術

人生本來就喜歡
不斷的追求完美
像飛舞的蝴蝶
在花叢中繞著
鮮豔的花兒打轉
像可愛的鳥兒自由的飛翔
在尋找美麗的夢想
美是多麼令人陶醉
多麼令人著迷和嚮往
美也是自然的色彩

美對我來說
能讓我心生愉快
像扣人心弦的歌曲
像天空中美麗的雲彩
像自然中如畫的美景
還有關於美麗的打扮
以及各種潮流時尚
都在美麗的夢想中
都為了那美好的未來
能在心中留下美麗的希望

第 475 首．有一雙眼睛

有一雙眼睛像一盞明燈
照耀著神奇的光茫
時時照亮在我的心上
有一雙眼睛像明媚的陽光
燃燒著熟悉的溫度
時時關懷著我的成長

我的眼睛
綻放著青春的熱情
有一種美妙的光彩
閃耀著自信的未來
你的眼睛
表達著真摯的情感
像生動的語言
像你心中的那束光
渴望著
流露出真誠的傾訴

我們眼神交會著喜悅的心情
激起了
努力奮進的力量
傳送了無聲的溫暖
微笑著互送一份愛的祝福

在許多生活的環境中
我們都可以運用「眼神」

（繼續第 475 首. 有一雙眼睛）
來問候
給人無聲的祝福
讓人有親切的笑容
在各種場合裏
我們也要用眼神
使自己態度自如從容應付
更可觀察對方的想法
堅定自己的立場
在許多社交活動中
也能用眼神的魅力
創造個人的吸引力
引起他人注意
在平常工作的溝通上
更須用眼神表達
自己想法傳達明確的訊息

我喜歡看著對方的眼睛
喜歡觀察對方說話的眼神
這是我的尊重與禮貌
或許凝視是一種美麗的真誠
但有時也不一定要
一直盯著對方看
這樣反而會增加了談話的壓力
造成視覺的威脅
所以等
談到主題的重點
再短暫的眼神交會
也是可以

（繼續第 475 首. 有一雙眼睛）
我了解我們的眼睛
常住著我們最愛的人
一般人不一定看得到
但能讓最愛的人一眼就看穿

第 476 首 . 窘迫的生活

歲月催促著窘迫的生活
寒風蕭瑟飄雨連連
葉落下在我們的身邊
像一個夢裏的相逢
你的面容憔悴而惆悵
聲音低沉壓抑了滄桑
沉默時藏著心事
卻渴望被我溫柔的呼喚

時間已經離去到了遠方
在無聲的腳步中漸漸消沉
失眠中遺忘了許多過往
失去了的追求顯得空虛
如果停留在那一日
我們會相處一生
共創美好未來

人生不再是童年的幻想
努力的來改變一生

（繼續第 476 首. 窘迫的生活）
用一首新詩點燃希望
用幾句名言掌握夢想
讓我們回到各自的地方
堅強的迎接歲月的鋒芒
讓生命衡量出歲月的漫長
描繪出一幅幅美麗的圖案

第 477 首.改善目前的生活

滿街的溫暖滿街的笑容
親切的臉孔
吸引著我
站立在便利商店前
把年輕蹉跎
歲月留不住青春
只能選擇就此放輕鬆

低薪的生活
花完我最後的積蓄
失落中學會了低慾望的生活
面對工作
薪水也沒什麼調漲
無法做想要做的事
只希望職務不要再加重

（繼續第 477 首. 改善目前的生活）

我知道有人想要出人頭地
卯足全力拼命工作
表面上看似過得體面
實際生活並不輕鬆
因為他少了夢想和希望
只埋首在物慾的追求中
忙著趕不完的潮流

我們要改善目前的生活
要給自己夢想和希望
我們要相信未來
勤奮的工作
我們要了解貧困
思考如何開源節流
克服害怕辛苦的恐懼及
減少悠哉生活
才能進一步了解家庭和社會
是需要我們共同的努力
而不是在低慾望的生活中
勉強過活

第 478 首 . 女人

把美麗大方留給
幸福歡顏的女子
讓美好的生活朵朵綻放

（繼續第 478 首. 女人）
讓美滿的家庭前途光明燦爛
把時光停留在
一個溫柔的地方
讓小女孩在母親的懷抱中
進入甜甜的夢鄉
舒適恬靜的不受外面影響
慢慢長成亭亭玉立的美好模樣

回憶童年是美好而芬芳
在母親的關懷中
學會了溫柔善良
在父親的人格教育下
學會了堅強
在兄長的影響下
學會了勇敢
在學校的學習過程裏
學會了樂觀開朗
在踏入社會的生活中
掌握了未來自信的方向

然而以前
女性的地位曾是低微
甚至還有重男輕女的思想
但現在女性也能撐起半邊天
雖說女子柔情似水
但也有陽剛的一面
一樣可以用勞動來養活自己
一樣可以創業有成給家人希望

（繼續第 478 首. 女人）
女人的真誠和嬌美及溫柔
能使冰山融化
像綻放的玫瑰花
包含了純真、善良、美麗的優點
世上缺少了女人將不完美
也會使人類遭到滅絕
所以我們要好好的孝順母親
讓妻女們幸福美滿
她們是我們的美好希望
也是我們最重要的
幸福良伴

第 479 首. 一個人也可以孤單

一個人也可以很孤單很隨意
一個人也可以很愉快的散步
到花園快樂的賞花
看美麗的花朵五顏六色
姿態萬千
聞花兒飄散著淡淡的芳香
聽微風中花朵溫柔的擺動
像在對我點頭微笑
聽樹蔭下活潑的鳥兒
為我快樂的歌唱
欣賞著花欉裏蜜峰和蝴蝶
為我飛舞著滿足的希望

（繼續第 479 首. 一個人也可以孤單）
一個人是自由的
可以隨心所欲的自在逍遙
可以浪漫的望著藍天遐想

一個人也可以不寂寞不孤單
所以找人來陪伴
和朋友聊天取悅朋友
來避免無聊和打發時間
只因為覺得孤單是很寂寞很悲哀
只想在人際關係上有所進展
即使很努力還是難免形影孤單

在一生中有大半時間
是孤單且不安
我們要學會一個人獨處
學會在有人陪伴下
也能有自己的空間
學會勇敢的面對自己
學會獨立堅強
安心自在的來面對孤單

第 480 首. 追求公平正義的勇氣

什麼時候才會有勇氣
來追求真正的公平正義
而不是在錯過的時候

（繼續第 480 首. 追求公平正義的勇氣）
才報怨和注意
什麼時候才會有不計較
利害得失的用心
像陽光無私的普照大地
且不讓陰霾遮住了祝福
也不畏懼黑暗的勇氣
用盡我們一生的努力也要讓
公平正義來曬滿大地

我所了解的公平
是要看能力和付出
並非得到的一樣多才算公平
你所看到的公平
只是被權勢衡量出來的公平
僅僅證明失去的會更多

社會上常有人以公平為藉口
只為了讓自己
不吃虧
能多佔點便宜
能爭取更多的利益
而忽略公平的意義
但是我們也要了解
自己有多少本事多少能力
要付出多少心力
才能問心無愧的來爭取
真正公平正義的待遇

第 481 首 .金錢的意義

能看穿金錢的魔力
而不著迷的人
就算粗茶淡飯
也能知足和快樂
因為他了解
過度的追求而不知足
最後只會失去了生活的重心
對人生產生偏差的後果
他寧願換回失去的幸福
也不願在
金錢遊戲中你爭我奪

我們常抱怨
每日為生活勞苦奔波
卻甘於做金錢的奴隸
去為金錢忙碌奮鬥
去忍受它的緊張與煩憂
等到真正富有
反而沒得到真正快樂
因為我們的快樂
常在未富有的時候
是精神上的富有
不在物質上的享受

如果只想賺更多的錢
而誤認金錢的意義

（繼續第 481 首. 金錢的意義）

即使買車買房
也難以滿足物質的奢求
因為只有知足才能常樂
因為只有了解金錢的價值
和人生的意義
才能得到更多真實的富有

金錢固然重要
但無法代表人生的價值
真正的富有
是精神的滿足
不是物質的享受
讓我們好好的努力賺錢
好好的運用
多助人及參與公益活動
讓賺來的錢
展現它的價值和意義

第 482 首. 陌生的善意

有一點神秘
有一點好奇
又有一點
小心謹慎的心理
是的
我們遇見了一些陌生人

（繼續第482首.陌生的善意）
他們常帶著微笑的表情
顯現出他們的善意
常說著禮貌的言語
表達他們友善的心理
他們在我們最需要的時候
向我們伸出了援手
解決了我們的燃眉之急

我們在生活中
常會遭遇些困難
而此時朋友們也不在身邊
或許需要求助一些
不熟悉、不認識
也從未見過的陌生人
讓我們知道身邊
還有許多
陌生的好心人

只要我們
認真的尋找和觀察
也不難發現
他們熱心的身影
和開闊的胸襟
他們正與我們擦身而過
消失在茫茫的人海裡
期待有緣再相聚

第 483 首．煩惱在你心中

煩惱在你心中
蕩開絲絲漣漪
似有萬千的愁緒
幸福圍繞在你的身邊
即使在煩惱面前
也能樂在其中

了解幸福
常圍繞在知足的人身邊
煩惱常糾纏在自私的人心裡
煩惱像黯淡的花朵
它開著不會變漂亮
就讓它慢慢的枯萎吧

正如鈔票在你心中
這正是你每天想追求的
奢求的慾望會不斷給你迷惑
像大海的波濤洶湧
讓思潮起伏震動
或許只有暫時的等待
就等待短暫的風平浪靜吧
把煩惱的太陽
慢慢的送落海中
此時你會停留在無助的黑暗中
就讓理智
帶你走入一個黎明的希望裡

（繼續第 483 首. 煩惱在你心中）
幫你掃除煩惱、放開心胸
幫你找到知足和快樂
讓你不再被煩惱的花朵困惑

慢慢的敞開你的心扉吧
讓黎明的希望照入你心中
拋開煩惱和憂愁
帶著微笑去生活

第 484 首. 我相信你可以

相信你可以過得很好
無論遭遇
什麼困難和挑戰
也不會唉聲嘆氣
因為你是樂觀的信仰者
可以在困難中看到機會
憑藉著自信和智慧
勇往直前不被打倒

或許你感受到
世事難料變幻莫測
人生充滿五光十色、絢麗多彩
讓生活的方向迷失了目標
但我相信
命運掌握在你手中

（繼續第 484 首. 我相信你可以）
勇敢的面對困難
你就能活得精彩、活出希望
用自信堅持你的信念
就能闖出一片天地

我相信困難不會是個問題
你可以找出問題
正向思考
改變自己的方向
來接受並挑戰生活
即使有很多不足
也能在困難的環境中找到機會
來面對你的人生
才不會在充滿
機會的環境裡不知所措
我相信你可以
有這麼美好的人生
你總是能夠
再次回到樂觀的生活

第 485 首 .健康就是財富

當然可以有這麼幸福的健康
還有什麼比這個希望更嚮往
健康就是財富
沒有了健康

（繼續第 485 首. 健康就是財富）
就沒有了一切
假如有一天
健康不再成為財富
這會是什麼滋味
身體將無力吸收營養
胃口也失望的消失
讓完整的人生失去了希望

我們的健康
來自良好的生活和飲食習慣
需要有樂觀開朗的生活態度
需要生理心理都正常
健康應該從日常生活做起
要求自己
不偏食、不厭食、不挑食、
多吃蔬果、多喝水、定食定量、
並且要少油鹽糖
還要每天睡眠充足
每天鍛鍊身體
保持心情愉快維持身體強壯

一生所有希望的寄託
在於你珍不珍惜健康
它是我們的好夥伴
始終陪伴著我們成長
讓我們在人生的路上
成功的追求理想

（繼續第 485 首. 健康就是財富）
創造出幸福燦爛的希望
讓我們帶著心滿意足的欣慰
在美好的生活中好好的享受人生
好好的過著健康快樂的每一天

第 486 首 . 諒解

為了讓錯能得到諒解
他們用了多少溫柔的聲音
來喚醒迷失的過往
用了無數耐心的勸導
來感動過錯和改過自新
讓這些過去和現在
重覆發生的錯不再出現

試著去諒解和包容
能避免許多的爭議和衝突
也能減少許多的矛盾和錯誤
矛盾的解決需要相互的諒解
需要心平氣和的坐下來談一談
把事情說清楚
來化解彼此之間的誤會
讓大家能坦誠的相處

諒解是一種偉大的胸襟
若人與人之間能彼此

（繼續第 486 首. 諒解）
包容互相諒解
就能減少爭執和磨擦
就能互助合作
創造美好的未來
讓諒解和被諒解都成為
一種幸福

第 *487* 首 . 思念

打開思念的窗
把心事寄語白雲
隨風飄送
帶著愛的關懷
送上我的祝福和問候
撥弄思念的心弦
用跳躍著相思的音符
為你譜出深情的旋律
唱出首首思念你的歌

駕一葉思念的小舟
隨波逐流
在心海裡起伏飄動
去尋找思念的源頭
讓真情陪伴在你左右
思念總是很美
但怎麼也說不明白

（繼續第 487 首. 思念）
叫人難以捉摸
多麼希望能有雙愛的翅膀
能飛到你身旁
帶給你祝福和快樂

就讓時間去改變這一切
讓我們能常相守
能珍惜美好的重逢
把思念化為美好的等候
帶我們一起無怨無悔的守候

第 488 首. 生命的風箏

努力吧
不論喜不喜歡
總會有工作
等著我們去完成
總會有計劃等著我們去掌握

堅持吧
不論生活如何艱難總會有
生命的風箏
帶著我們的夢想
飛向藍天
最後等風箏斷線的時候
才知道成長的天空

（繼續第 488 首. 生命的風箏）
沒有想像中那麼寬廣
才知道要努力
去訓練 修養和自治
使自己擁有快樂和滿足的天空

投入吧
不論歡喜或悲傷
總會有欲燃燒的熱情
從心底燃起來
釋放出閃亮的光茫
照亮未完成的夢

付出吧
當生命揚起了溫暖的風
等待著人生最美的花朵
需要我們好好的去培養
它正驅趕著生命的風箏
要我們接近希望的太陽

第 489 首 . 發現變老了

發現這個冬天變老了
許多花草都已凋零了
冬天也越來越冷
樹葉配合著天氣落葉歸根
讓老樹可以抵禦著嚴寒的侵襲

（繼續第 489 首. 發現變老了）

等待春天來時再度蓊鬱的蛻變
成為自然的美景
樹枝上的白雪
像在訴說著這些曾經的過往
一種喜悅襲上我心頭
不禁讚嘆著生命的神奇

我每天都會到公園散步
鍛鍊身體呼吸著清新空氣
發現公園也變老了
看著溫暖陽光照顧著每一個人
聽著老人們坐在涼亭裡聊天
言語開始衰老
涼亭的樑柱也已爬滿了皺紋
欄杆已經生鏽
它們渴望掃除歲月的痕跡
清潔隊員每天固定打掃著
時間抖落的樹葉和
歲月留下的灰塵
彷彿有掃不完的幸福

回到家輕輕的打開家門
時間靜悄悄的
讓時光飛逝著恐慌
在歲月的驅趕下發現
從小照顧我們
和陪伴我們成長的爸媽

（繼續第 489 首. 發現變老了）
也因我們的成熟獨立
而變老了
發現爸媽的
頭髮變白、身高變矮、
臉上的皺紋變多、身體也變差了
喜歡回憶著以往的點點滴滴
也不再大聲吼罵了
因為他們已年老氣虛
想起人生總是要分離
生命總是會枯萎
不像四季可以循環更替
便覺感傷不已

第 490 首 . 命運（三）

命運是人生的方向
它掌握在我們的手裡
讓許多茫然的雙手
留下失落和荒涼的生活
他們感嘆著不如意的人生
覺得命運是天注定
任憑豐碩的果實隨風凋落
也不努力積極的改善
反而埋怨命運的捉弄
就這樣用雙腳踐踏了
美好的希望
過著失落貧困的生活

（繼續第 490 首. 命運（三））
脆弱的生命
常在轉瞬間化為烏有
想要成功的掌握人生
就要看我們付出的夠不夠
還要擁有積極的心態
和樂觀進取的奮鬥
人生因有夢想而偉大
但是如果沒有付諸行動
就像書籍一樣好壞各不相同
一切的幻想也如一場美夢

只有向未知的世界敞開心靈
把握今日創造繼起的生命
才能把握機會
實現抱負和理想

我們要努力付出
才會有豐富的人生
也要把握時間才能把握生命
時間是生命的本質
把握當下多陪陪自己的親人
努力以時間換取更多的空間和能力
創造出自己的人生
掌握自己的命運才不會讓生命
在哀聲嘆氣中度過

第 491 首 . 愛的生活

喜歡你笑著說
你工作很忙
希望你安排時間
走入幸福和甜蜜的春天
帶著喜歡的追求
證明你真情的諾言

喜歡你美妙的敲門聲音
輕輕的捎來了春天的喜悅
快樂的來到我的身邊
帶著愛神的花朵
陪我仰望亙古不變的星辰
那些快樂的情節
使我們墜入多情的銀河

喜歡你常牽著我的手
穿越雲彩和月光
踩著青春的舞步
徜徉在幸福無邊的天地裡

喜歡你
已讀懂我的眼睛
不需成熟的語言在風中交流
等待你浪漫的心
多情的說出口
傾訴你帶來的溫柔

（繼續第 491 首. 愛的生活）
喜歡你
給了我美滿的一生
給了我一個完美的愛的生活

第 492 首. 虛偽的笑容

多彩多姿的生活
圍繞在我們身邊
難以看穿那些
裝扮著虛偽的笑容
他們假裝或欺騙
或裝模作樣
個個像好人那般
指點著生活中的美夢

有什麼真情的訴說
能夠拆穿虛偽的面目
我想只有
謙虛和誠實的感受
能從各種各樣的環境中
明白什麼是最真的真實
什麼是最美的美麗

在來來往往的朋友當中
有的是為生活忙碌奔波
有的是為利益而忽略了朋友

（繼續第 492 首. 虛偽的笑容）
他們臉上的表情也各不同
只有真實的內心向自己訴說
只有謙虛的表達才能改變生活
他們是否也難以看清虛偽的笑容

第 493 首. 寫些人生的日記

這些年來
我似乎已遺忘了
一些失意的過去
在這寂寞的書房裡
孤燈下
還珍藏著一些泛黃的日記
彷彿呻吟在空蕩的廻聲裡
然後就這樣的日子
我還是一個人和一隻筆
沉默的和文字做爭論
分不清是執著還是疑慮

無意中細細琢磨
那些遺留的痕跡
關於許多感情
許多過去只能像
流水一樣
無法選擇的離去

（繼續第 493 首. 寫些人生的日記）
人生難免失意
還是必須選擇好好的活著
為了自己也為了愛我們的人
只要凡事不強求
不去計較利害得失
也不忌妒別人
有多少財富多少能力
就能知足的自食其力

平淡平安和順其自然
是最美好的結局
在這平淡的夜裡
我得再寫些人生的
日記和有意義的詩句
為世上留下一些
正面樂觀的道理
表明我們不再迷惑於
曾經失意的過去

第 494 首. 時代進步的意義

時代進步的戰場變幻萬千
時時刻刻都要求我們
接受競爭的考驗
潮流的列車也在高速前進
催促我們跟上時代的腳步
要求我們與時並進

（繼續第 494 首. 時代進步的意義）

知識經濟的話題
在燃燒著進步的動力
面對落後和淘汰的夜裡
難再入眠
來自於知識的渴望
抓住了一個完美進步的藉口
擔心自己知識汲取不足
搭上了潮流的列車
計劃最終的目的
是光明的前途

踩著既定的目標
給自己方向邁步前進
讓擦肩而過的機會
留下新生活和新希望
取得重要的資訊
創造實質成長的動力

第 495 首. 找到一個開心的天氣

遠方的笑聲傳來甜美的話語
悅耳的歌聲讓人陶醉其中
春天從夢裡醒來
花草也在微風中笑而不語
為什麼會那麼開心
讓煩惱從笑聲中離去

（繼續第 495 首. 找到一個開心的天氣）
讓我隨著快樂的風
瀟灑一路最好的心情
找回昔日迷人的好天氣

這是個歡樂的日子
忙碌遺忘在一個光鮮的早晨
來到匆匆的時光路上
採擷我最純真的記憶
為今日編織浪漫的光環
然而在熱情的陽光中
被汗水冷落
滴入我熱情的心裡
我的心已裝不下痛苦
一堆生活的煩惱也將準時的清除

找到了一個開心的好天氣
我正努力來付出感情
讓那些美麗的花朵盡情的綻放
綻放在我們常經過的路旁
我會不斷的帶著快樂
把關了很久的煩惱
全部拋向天空

第 496 首 .理想的方向

理想像天空的雲彩
似一場遙遠的夢幻
總在一串沒有光明的日子
忽明忽暗
用一束智慧的光茫
照亮在理想的前方
接受挫折的考驗
驅走夢幻中最深的黑暗
指引我們跨過一切障礙
克服困難的挑戰
慢慢的走向那普照人間的太陽

理想似乎有一定方向
渴望朝四方發展
卻又蔓延著迷惘
讓我們的心靈
發生了缺失的遺憾
這正是精神食糧
無法抵達的困惑
使我們停留在黑暗中而徬徨

用今夜所有 智慧的光茫
為我們照亮理想
等待太陽再升起的希望
用勤奮的手與堅持的信心
為光明的前途奮鬥
打造一個成就輝煌的理想

第 497 首 . 一個心動的念頭

彷彿一切的夢想
不是雲煙
讓希望的生活清晰可見
一個心動的念頭
及時趕上春天
開著喜悅的花朵
從我們身邊穿過
裝扮著美麗的顏色
長滿了像徵的成熟
在平淡的歲月裡
吸引著我們熱烈的追求

只要有一點點口是心非
就容易錯過了希望的生活
只要有一點點心動的念頭
就能把夢想付諸行動
好像追求著人生的光明色彩
即使暗淡的生活
也能有生動的喜悅和
堅持的結果

不論困難與否
只有前進能找到希望的方向
可以看到真實的天空
讓那些心動的夢想付諸行動
表明主動的追求

（繼續第 497 首. 一個心動的念頭）
喜歡是心動的感覺
在短暫停留的瞬間
確認未來人生的方向
培養出積極樂觀的
處世態度
創造出心動的精彩人生

第 498 首 . 找一些好書本

讀一些好書
可以讓人豁然開朗
可以有敏銳的目光洞察一切
有清醒的頭腦分析難題
如同和許多高尚的人說話
和最傑出的人才交流
就像一盆花的花瓣姿態萬千
帶著清新的氣息
散發出陣陣芳香
可以使生活浪漫 人生美麗
綻放出色彩繽紛的生命之花

我從書局架上取下一本書
透過書本的知識找到了一些
解決工作和生活問題的方法
發現看書可以充實知識
收集資料和鍛鍊腦力

（繼續第 498 首. 找一些好書本）
還能減輕壓力
在積極的投入下
閱讀一些好的文章分散
緊張的壓力
大腦就能保持清醒和活力
同時也能了解自己的需求
彌補自己的不足

找一個明確的問題和目標
才能找到正確方向好好的學習
我們可以去圖書館或書局
及上網路查詢
找到想看的書籍
也可以參考書評或暢銷榜推薦的介紹
假如我們只想了解一些簡單的問題
也許找些有用的工具書就可以
暫時不須理論詳盡的書籍
這樣也可以省許多的時間

第 499 首 . 經歷過最深的愛情

經歷過最深的愛情
彷彿沐浴在最溫柔的春風中
記得幸福的秘訣
學會對愛的承諾
堅持到最後的結果

（繼續第 499 首. 經歷過最深的愛情）
情感漸漸地紮進心底
千言萬語訴說不盡
心中的激動
愛是甜密的感覺是
幸福的感受
像心動的翅膀
飛向愛情的天空
接受真情的考驗
在浪漫的天地裡
企圖飛過真情的高空
來尋覓安身之所
卻又在無情的風雨中
任由命運來擺弄

多情的眼睛注視身邊的
一舉一動
那裡有心動
在情感的天地中遨遊
那裡有夢
珍藏著山盟海誓的花朵
那裡有熱情
猛烈的燃燒著激情的燭火
而天空正從夢中醒來
倉促的情感像一陣風
面對空虛的的煙霧茫茫
蔓延到無情的山峰中

（繼續第 499 首. 經歷過最深的愛情）

呼吸著最初的甜蜜
等候那動聽的熟悉
久經顫動的心底
常激蕩起熱戀的風浪
美麗的邂逅
一如以往的紅顏
帶著甜蜜的笑容
等待愛情的花朵
繼續在風中成熟

第 500 首 . 人要站在理想的高處

人要站在天地之間
做一個最明亮的人
要站在理想的高處
從更深遠的角度思考問題
要像美麗的花朵
永遠綻放在活力和朝氣之中
要像騰空飛起的雄鷹
擁有矯健強壯的雙翼
盤旋於高空
翱翔於萬里無雲的天際
才能俯瞰大地
洞察大自然的神奇
且能看得更寬更遠
因為一個人的學習態度
決定視野的高度和寬度

（繼續第 500 首. 人要站在理想的高處）
成功的關鍵
在於實事求是的態度
它比能力更重要
也影響我們做事的效率
和成敗的程度
無論做任何事
都要抱著積極的態度
才能學到更多進步的方法
也能讓自己有成長的機會

一個人的學習態度
決定了一個人的高度
高度是個抽象用語
是「超越和昇華」的意思
是「登高必自卑，行遠必自邇」
的簡單道理
但要做到卻不容易

想做一個有用的人
必須腳踏實地
像要爬高山必須由山下開始
要到遠的目標
也一定要從近處的起點開始
做事情要求由淺入深循序漸進
才能提升我們的境界
走向更高更遠的地方
來追求人生的真善美
超越命運的高度贏得自己

第 501 首 . 過新年

過年的炮竹
點燃了新年的願望
響起了新春的歡呼聲
驅趕著除夕的年獸
把天空照亮出希望的光彩
讓美麗的夜色
擁有燦爛的的火花
也為新年添加了
無比的歡樂

幸福的空氣在風中飄送
除舊佈新的改變
抖落一身凡塵的糾纏
新年的音樂快樂飛揚
每一首都在心裡顫動
輕柔呼喚著我們返鄉
城市和鄉村的燈火明亮
照亮了親情的家鄉
帶著準備好的紅包
穿著令人羨慕的新衣
回家圍爐團圓
過一個幸福的好年
接住它的祝福和好運
外出拜年和訪友
拜一個快樂的新年
讓新年的生活
過得不同凡響

（繼續第 501 首. 過新年）
我們期待的春節
正面臨新時代的轉變
過年的舊文化傳統
也在慢慢的淡化中
但過年的熱鬧氣氛不變
全家團圓的親情不變
還有心中的感動不變
透過不變的祝福
恭喜大家新年快樂
萬事如意闔家平安

第 502 首 . 讚美秋天的歌

落葉已經沒有活力
秋天也沒有了哀傷
夕陽趕在最後的時間
把金色的光茫
斜斜的照在
孤獨的小河和崎驅的山坡上
那些快樂的智慧
無知的憂愁給了我靈感
讓我寫下秋天的遐想

牽掛走在一個回家的路上
用豐收的繁忙忘記汗水和憂傷
此刻我們的心裡

（繼續第 502 首. 讚美秋天的歌）
只裝甜蜜和成熟
不裝生澀的苦果
讓秋天的想像
都來自美好的碰撞
那些因牽掛而成熟的果實
將帶來幸福的陪伴

秋天大方獻出了
一年的豐收
是成熟的季節
帶來充實和快樂
讓我們有時間
去完成一個夢想
為我們留下讚美秋天的歌

歌曲唱出
人生的春天一過就
洋溢著秋天的豐收
此時幸福的的蔬果
脫離了大地的挽留
歡慶的氣氛圍繞著
被秋風刷新的快樂
把一切的讚美的歌
都分享到朋友之中

第 503 首.抱怨與煩惱的糾纏

彷佛怨天尤人的
思想出現在眼前
無用的抱怨
充斥在我們身邊
面對多餘的煩惱
佔滿整個心
這個現實的困擾
陪伴我們的一生
於是承受著抱怨的廻音
在我們無法聽清楚的空間

可以用一個快樂的念頭
選擇更努力的工作
讓那些從早忙到晚的時間
沖淡了煩惱的糾纏
也可以用修行的方法
改變煩惱的憂傷
讓這個世界不再暗淡

只要有一點點愛的光茫閃耀
就應該感謝美好的時光
相信人生至少有智慧的火花
點燃希望的光芒看清黑暗
用正思維在一念之間
脫離不滿與痛苦的深淵

第 504 首.生命與人生的問題

希望的火焰正在燃燒
放射出美麗的光芒
命運在我們手中
只要好好把握熱情
火焰將永不熄滅
理想的目標正在前方
綻放出燦爛的光彩
幸福在我們身邊
只要好好的努力付出
奮發的力量將永不匱乏

用一生的時間
去追求物質和財富
只能獲得
暫時的滿足和表面的幸福
因為用來揮霍和享受的心靈
會發現浮華虛榮的空虛
會感嘆人生轉眼成空
難再找回人生遠大的目標

生命意義
在於追求人生的完美
探索自已為何而來
人生的目標在於
勇於探索未來、積極嘗試考驗
勇敢和善良的自我期許

（繼續第 504 首. 生命與人生的問題）
為了達成目標
努力的充實和創新
來面對生活的一切難題

成敗的起起落落
都屬於「道」的自然
快樂和痛苦的生活情境
都是人生必經的過程
許多的「財施」、「法施」
「無畏施」只為成就生命的價值
因此「道」就是我們人生的目標
如果我們能燃燒自己
替天行「道」
讓世界變得更美好
就能讓生命變得更有價值
人生更有意義

第 505 首 . 了解家庭的愛

了解家庭的愛
走出家的溫暖
默默地接受風雨吹打
我經歷了多少艱苦奮鬥
燃燒著滿腔的生命熱情
挖掘出基本的生存潛力
慢慢的找回生命的本能

（繼續第 505 首. 了解家庭的愛）
把原本像溫室花朵的懦弱丟棄
綻放出動人的艷麗

家庭常給我們滿滿的愛
卻是溺愛多於關愛
在物質富裕的時代
我們的父母常忙於工作
為了彌補對我們的虧欠
就盡了最大努力
讓我們過得幸福任由我們自由享樂
而忽略了我們
人格的教育和培養

造成我們生活無法自理的懶散
不知感恩的貪婪
還有不懂謙讓的驕傲
以及不知滿足的憤怒
使得我們不能安下心來
暴躁易怒從而影響了我們
無法獨立自主的接受時代的考驗
我們只有多幫忙分攤家事
多替父母分擔憂愁
多孝順父母
多學習做人的道理
才有時間做個有用的人
才不致於自私的只為自己

第 506 首 . 真正的快樂

快樂來得快
去的也匆匆
想要在時間內伸手去挽留
它卻從身邊悄悄的溜走
世上真正的快樂
在珍惜安定和知足的生活
不在物慾上的強求

愛自己也關心他人
讓每個角落都有愛的陽光
當我們助人快樂
也能讓自己快樂
快樂是
一種心靈的感受
一種樂觀的人生態度
要能真誠做人對事業執著
不計較得失不跟人做比較
而且不怕苦難和挫折
才可以享受那種幸福的滋味
讓每天都有甜蜜的感受

如果想過得快樂
就要時時活在修行的法喜中
淡化五欲六塵的執著
才能真正擁有快樂
修身的智慧

（繼續第 506 首. 真正的快樂）
能讓人了解：
「放下十惡、提起慈悲、
遠離煩惱、平淡自然，離苦得樂」
快樂才能隨時的擁有
要快樂
就必須知足常樂
就需要一份堅定的努力

第 507 首. 怎樣看待一切

怎樣看待一切
好的方面及差的地方
用豐富的眼光
會發現世界的偉大
生活是多彩多姿
用好學勤奮的態度
去探索世界的新奇
發揮出智慧和活力
培養善良的個性
才能默默的付出
獲得自信和幸福
擁有美好的人生

把人生想像成
美好的未來
讓煩惱減輕

（繼續第 507 首. 怎樣看待一切）
保持心理的平衡
我們怎樣來看待人生
人生就會有多輝煌

看待自己的角度
有時會影響現實的生活
一個好的判斷
會讓自己發揮潛力
得到了好的效率
一個錯誤的評估
會讓自己走錯了方向
侷限了視野
限制了可以的發展機會

假如有人認為我們很幽默
人生才算有點樂趣
假如有人喜歡聽我們說話
或許就能成功的溝通
我們希望有好的訊息
能夠傳達和分享
表達出我們對這個世界的看法
我們不僅需要一雙美麗的眼睛
更需一幅智慧的眼光
讓心清靜的觀自在

第 508 首 . 青春的旋律

心動的風兒吹奏起春天的旋律
讓多情的花朵露出了笑容
搖曳著迷人的舞姿
散發出陣陣的芳香
蝴蝶飛舞自如情深意濃
為春天增添了多少美夢

我們也一起灑下希望的種子
歌唱著春天的甜蜜
一起耕耘把苦澀埋藏入荒蕪
把甜蜜的收穫收藏在幸福之中

春天也沒有什麼奇蹟
我依舊平靜的心
像樹木自在而快活
正如我們所種的希望
歷經風雨掙扎瀟灑自如
了解雨的善意風的多情
心中沒有恐懼
將青春奉獻出成熟的花果

第 509 首 . 一本書的天地

一本書翻開了春回大地
春色滿園姿態萬千

（繼續第 509 首. 一本書的天地）
草地上點綴著五顏六色的花朵
心在春風中飛花起舞
蜜蜂採擷最純粹的詞語
帶來了一些陳述
它教育我們也跟著它們勤勞忙碌
會嚐到成功的甜蜜
春風吹開了羞澀的雲朵
喜悅的雨滋潤著大地
青草和綠葉以及色彩鮮豔的花朵
使光彩奪目的春天增添了幾分生趣
彷佛生機勃勃的世界
散發著清新的氣息
心動的描繪出
五光十色的的自然美景
迎接我們的到來

扶搖而上的翅膀
鵬程萬里逍遙遊於天地
誰能看清黑暗中的恐懼
免去生死別離的牽掛
忘形得意
就形成一生的寧靜
遊得自由快樂

一本書的內容
是夢想中最美的天空
幫助我們發揮潛力

（繼續第 509 首. 一本書的天地）
尋找到成功的秘訣
豐富的內容從思想的缺口
長驅直入
通過一些永恆的觀察力和思維
證明活著是重要的
歷經劫難
是如何啟發和激勵我們
並照亮通往真正的成功之路
我知道我會看書
總會有一天幸福的日子
並將所有的空虛遺忘
詞語隨心而至
寧靜了我的湖面
逍遙了心縱橫人間

第 510 首. 清淡的生活

在熱鬧的都市中生活
我已習慣生活中嘈雜的部分
每當情緒來臨得不到宣洩時
我會聽聽音樂從中得到樂趣
一切煩惱就會煙消雲散
而生活又變得快樂起來
至少我不會那麼緊張
我知道享受些許的安寧
卻因寂寞而變得更加美妙

（繼續第 510 首. 清淡的生活）
清貧的生活過得自在
清心寡欲的一生處之泰然
清貧不一定是 苦
欲望的減少或許讓我們
更接近幸福
我從未因生活比別人差而喪志
也不曾因清貧而感到羞恥
因我有一顆知足而感恩的心
就什麼都不缺
並能從中體會到快樂
生活清淡些好
享受也不一定要靠物質
經濟不景氣
就應減少開銷降低物慾
學習如何控制慾望
在困難時才有希望生活下去

先照顧好一天三餐
其餘等有錢再做考慮
平常少用奢侈名牌
少大吃大喝
漸漸地把慾望降低
把血拼的數量減少
多用替代品
及善用延遲消費
常想想不亂花費
多節省而不浪費
留一些錢以備不時之需

第511首.漫長的等待

人生是一場漫長的等待
在等待中還有無數的等待
原以為等到了幸福
那不過是另一個等待的開始
讓我無奈的內心
枯萎成飄零的樹葉
紛紛落下黯然失色

這次等待裝滿青春的光彩
我知道它是生活的常態
只因我個性太浮躁
讓空洞的時間虛晃而過
記住這個日子
我將從等待的坐椅中
慢慢的站起來
找回還有希望的種子
灑向真實的今天
讓所有的歡樂和悲傷
都排隊到現場

焦躁和無奈讓美好的等待
破裂成心痛的花瓣
使人智慧的目光朝向虛無
等待心情靜下來
利用時間欣賞沿途風光
規劃下一個行程

（繼續第 511 首. 漫長的等待）
給自己一個晴朗的天空
把總是空白的時間
描繪成生動活潑的圖片
把可愛的笑容掛在目標的面前
讓美麗的等待成為希望的期待

第 512 首 . 如何看待時代的蛻變

無數的事實證明
經濟繁榮的時代已漸漸遠離
理想的天空
像美麗的慧星一閃而過
艱苦的環境
可以磨練我的意志
想像成一隻勇猛的雄鷹
在廣濶的藍天振翅飛翔
日夜於冷靜中尋找目標
冷靜的思索為之振作
讓擔心的災難遠離
把未實現的夢想
飄向希望的藍天中
讓一路上進的風
帶我們走向圓滿的生活

時代在快速蛻變中
失去信心的人

（繼續第 512 首. 如何看待時代的蛻變）
只能失去希望和寄託
優閒的手指
消費太多的歲月
及時行樂的思想
驅逐了清醒的頭腦

許多公司的營運已經不同
組織的改造也在進行中
精簡人力的驅勢正在擴大
無人科技、外包代工和人力派遣
已影響了我們的收入和生活
考驗著我們重新思索
工作的價值和人生的意義
學習如何才能過著安居樂業的生活
我們面對工作要有絕對的自信心
愉快的去工作踏實的努力和負責
才能發揮真正的實力
在減薪通膨的生涯中
創造出有保障的幸福生活

第 513 首 . 讓意志超出天賦

讓意志超出我的天賦
失去意志將失去生存的樂趣
我們可以好好的過日子
賦予它意義讓苦悶遠離

（繼續第 513 首. 讓意志超出天賦）
用堅定的意志
使生活充滿希望和樂趣

一般人認為
天賦遺傳基因的決定
有的人天生就有好的天賦
有的人天賦低再怎麼努力
也無法彌補這種差距

我不會因為
自己沒有天賦而自悲
因為意志力
使我遠離誘惑和虛榮
它使我做事專一思想冷靜
同時有機會再發揮和學習
使我樂觀的面對難題
用快樂的心境看待人生

世上充滿太多苦難
生活到處是險惡
只有平靜的接受它
不受命運和環境的困惑
堅定自己的意志力
提起生存的勇氣全力以赴
努力向目標和希望前進
自然能體會人生的樂趣

第 514 首．生活的明鏡

生活的浪花千姿百態
激起一朵朵生活的樂趣
盡情的跳躍
吟唱著歡樂的歌曲
迷人的笑聲四處飄散
帶來一片片幸福的雲彩
歡呼雀躍
共同奏出青春的旋律

放鬆心情的享受精采人生
開心的不要執著於過去
開創幸福的美好未來
用心的努力來爭取
知道那些獲得的快樂
多感謝和珍惜
完成目標和理想
忘記那些不愉快的回憶
回到原先溫情的懷抱裡
好好的愛自己在愛的歡笑中
學習心靈的富足

許多人
失去了生活的庇護
沒有了完整的人生
而遭受痛苦的折磨
有人慘淡，有人堅韌

（繼續第 514 首. 生活的明鏡）
有人堅持最高的真理
這彷彿在說
許多處順境的人可能愁眉不展
處逆境的人也可能面帶微笑

我從未想過這樣的一生
我沒有許多痛苦和抱怨
只感到快樂向我靠近
我的情緒雖受環境的影響
但我不愁眉苦臉
因為憂慮的看待一切
現實也不會有所轉變
我會用心的微笑
只要心裡有智慧的陽光
就能感受到現實的溫暖

生活像一面明鏡
始終照著我們
讓我們的明鏡
也微笑的看著自己
看著這美好的世界

第 *515* 首 . 愛吹拂的人間

美好的生命徜徉在愛
吹拂的人間

（繼續第 515 首. 愛吹拂的人間）

盲目的歲月
給了愛 心動的時刻
時空的鐘聲悠揚
勾起一絲回憶
和幾許淡淡的浪漫
輕嚐著愛的甜蜜
期待我們之間
有著愛神的祝福
創造了一個完美的
愛的藉口
讓青春的歡笑
自信的留下曼妙的詩歌

美麗的玫塊綻放
飛揚在風中
飄散著愛的香氣
等著我欣賞並且好好的憐惜
它象徵著唯美的愛情
情深不藏
摘下愛情的花朵
像擁有了天空
不放過任何一個愛的機會
徹底的敞開心扉
飛向天邊美麗的彩霞
許下浪漫抒情的諾言
允許為愛停留
到永久

第 516 首 . 生命的詩篇

讚美的詩
用文字和語言排列組合
創造出主觀的話題
可以改造空洞
讚美花朵幻想翅膀
獲得溫暖的人心
但你要如何解讀詩人的用心？
如何面對今天的不滿？

許多人希望改造這個社會
火熱中 不失偏激
來獲得渴望的順利
但也有些人有生活上的問題、
他們人際關係不好
和親人相處也不融洽
生活茫然空虛沒目標
找不到生命的意義和方向
他們最容易墜入謊言的陷井
被人灌輸不正確人生觀
只相信眼前的好處
就能改變自己和幫助別人
被人催眠式的洗腦
強迫自己排斥不同的觀點
陷入被欺騙和利用的危機
去完成很多「神聖」的使命
走向迷失的人生 不能自拔

（繼續第 516 首. 生命的詩篇）
只有相信文章的用心
「親君子，而遠小人」
信仰人生的真諦，才能改變自己
走出迷惑的人生

語言的溫度在生命中燃燒
文字的熱情在人間遊戲
左右著客觀的世界
在荒誕不經的虛偽中穿梭
圍繞著更複雜的問題
了解創造和改造
完美了人生的話題
領悟追求和放下
說明了更多的空虛
人生的詩篇和文章引領著我們
堅持不懈的學習和改進
以正確的知識完善自己

第 517 首 . 父親我對不起您

謝謝您不厭其煩的教我好好做人
要我爭氣的好好學習
您打在我身痛在您心
我流了淚忘了痛
坐立不安的感受您的教誨
您說得言之有理令我口服心服

（繼續第 517 首. 父親我對不起您）
父親我對不起您
想起您以前常半夜悄悄起來
檢查我的棉被和夢話
您發現我半夜抱著書本
躲在陽台的月光下苦讀
只為了應付考試的成績
不知「身體髮膚受之父母，
不敢毀傷，孝之始也」的道理
您看了一定不捨與擔心

平常您對自己省吃儉用
披星戴月的辛苦工作
常加班為了這個家庭
好讓我們的身體衣食無缺的成長

記得您退休時我才六歲
父老子幼的生活孤苦無依
都年過花甲您還在為生活煩惱
為了把我養大可真不容易啊

您放下紳士的風度
風塵僕僕的去夜市擺攤賣布
您常說做生意沒有穩賺不賠的
好跟壞的打算您心裡也都有底

您一生為國為家犧牲了青春
一輩子為我們做牛做馬從不休息

（繼續第 517 首. 父親我對不起您）
就在我快要懂事的年紀
無情的歲月忽然奪走了您的生命
讓您帶著牽掛和遺憾來離開
讓我的人生有如晴天霹靂
頓時失去了依靠

想起您的辛苦的皺紋慈祥的笑容
一輩子也沒享受過的勞苦奔波
內心感傷不已
後悔沒來得及好好孝順您

第 518 首. 真正的自我

我每天都會「三醒吾身」
過著清心寡欲的生活
學習如何節約樸素的過一生
學習禮貌的言談、爽朗的笑臉
看着有意義的書本
了解做人的道理
調整自己的人生
除非遇到了挫折
我都願意用微笑的目光
看待人間如天堂

只要活著一天我希望
用我樂觀的翅膀縱身藍天

（繼續第 518 首. 真正的自我）
把善良的風氣蔓延
我看見人羣中許多善男信女
看見信仰的天空美麗的彩霞
我只有單純和簡單的念頭
只能感受到善良的純真
大道的可貴和生命的自然

我正努力的成為真正的自我
成為世界中一個小小的零件
或是一個壓力的支撐架
並且像機器一樣
貢獻出自己全部的力量

第 519 首 . 踏上愛情的天地

讓溫暖的春風吹醒我
吹進我心窩
讓我心底漸漸地暖和
送走了最後一場傷心雨
等待春色滿園的玫瑰
迎接飛舞的彩蝶
採擷最純真的甜蜜

為靠近你我不再遲疑
願你不再冷漠
相信美麗的愛情將再次綻放

（繼續第519首.踏上愛情的天地）
我會更加珍惜
我們將停留在那一處風景裡
望著香豔的花兒
吐露迷人的芬芳
靜靜的聞著它的香氣
讓香味瀰漫的愛情
籠罩著我們
陶醉在沉穩的山中
靈氣似河水的柔情
像雙雙的飛燕
濃情蜜意心心相連
為我們的幸福準備周密

相信此情不渝
隨時可見的是你純真的笑臉
聽著你的甜言蜜語
直到地老天荒生命的盡頭
我的世界有你的愛相伴
花前月下
所有的情感都和你交織在一起
期待滿園花再開之日
也是我們情感成熟時
在黎明的曙光中我們將一起
踏上愛情的天地

第 520 首 . 重複的人生

學習優秀的人物:
「以人為鏡可以明得失」
讀歷史:「可以知興替」
尋找癥結打破重覆的
「前車之鑑」
使自己不再「重蹈覆轍」
精彩人生美滿生活:
「江山易改,本任難移」
重覆著同樣的話題
開心的與你同分享
流淌了智慧和幽默

今天是一個灰濛濛的日子
影響了他的心情
怎麼呼喚
也喚不出他雲霧中的太陽
天空汙黑了一片白雲
浮出一些潦草的字跡
斷斷續續可以看出他的心態
決定了他的思想和行動

把消失的太陽請出來幫忙
別讓他迷失在寒冷的大地
和大家緊緊的手牽手握在一起
走出窮苦的天地

（繼續第 520 首. 重複的人生）
在貧瘠的土地上
只有辛苦的淚水
和被丟棄的思想
在熄滅的燭火中
也只有模糊的視野
看不清眼前的幸福
找不到希望的種子

如夢幻的事業和成就
不能光輝他的一生
只有奮鬥的目標
決定他將成為怎樣的人

第 521 首. 把最好的生命延續下去

一代又一代、代代相傳
把最好的生命延續下去
人生不會只有一場夢
這一代的人挖空心思
把希望的種籽灑向幸福的大地
讓果實累累的生命
在快樂的風中搖曳
呼吸著如痴知醉的空氣
歡呼雀躍汲取智慧的
重要時刻
延續新鮮的甜蜜

（繼續第 521 首. 把最好的生命延續下去）
浪漫的活躍在
秋高氣爽的豐收裡

懂得尊重生命
了解生命延續的意義
和生存的道理
才能在競爭激烈的環境中
堅強的活下去

習學小草堅忍不拔的精神
不怕狂風驟雨、
閃電雷擊、酷夏嚴寒
用旺盛的生命力
努力來長成一片清新的翠綠
讓我深刻體會到生命的意義
小生命雖不起眼
但它仍然可以
為大地帶來一片生機
存在著生命的價值
與延續了生存的勇氣

第 522 首 . 放下執著的念頭

多少念頭的起源
來自:「貪、瞋、痴、
慢、疑、惡見」

（繼續第 522 首. 放下執著的念頭）
這些名詞的由來
全在人生的現場中
只有認清和理解人生的真相
放下：「得失、成敗、是非……」
的念頭才能
免除恐懼和妄念
活在「沒有執著的當下」
才是「真我」

我們知「道」了它
自然受影響的接近
「領悟我相~如夢幻」
了解「真我」才是原本的我
確認「永恒的生命」
是：「空性、不生不滅、
不垢不淨、」「自然沒有罣礙」
才能找出真正的
念頭和生命的起源

自然的念頭
是人生思考的想法和感受
隨時都會出現在生活中
有時像閃電快速通過
有時像流水一去不回頭
讓我們無法看清的不知所措

（繼續第 522 首. 放下執著的念頭）
知道心念的起伏
是來自無法看清的念頭
我們只有修「正道」
培養「自覺的心性」
提高「悟性」正確的思考
才能讓念頭的起源回到「正道中」

第 523 首. 不想被誘惑

花花世界的誘惑無所不在
你的誘惑一日日增多
你我隨時都可以將思緒
澆到想要的生命節奏前
將那曲美妙陶醉在
生活的魅力和樂趣中

我們正陷入思緒迷霧的
誘惑中
承認在誘惑的森林裡
尋求協助
接受不同的想法跟觀點
找回對生命的主導權
讓那曲動人的誘惑
宛若蒼穹中那顆智慧的明星

（繼續第 523 首. 不想被誘惑）
多少個一絲不掛的熱情
曝曬在陽光中
激動的語言落後在真實的貧窮裡
整日在
我們山水田園裡漫遊
像一頭迷失的小鹿
想要走出機會不懂裝懂
慌張的嶄露頭角
多次的遭遇誘惑

從一個很簡單的念頭
讓時間能改變一切
拒絕了誘感
所以當我們想要
改變壞習慣或者養成一些好習慣
試著用堅強的意志力
對自己說 :「我不想被誘惑」
藉由主導來約束住念頭
讓自己可以更快樂

第 524 首 . 你變了

淡淡的風吹來
溫柔的拂去你臉上的憂傷
吹入思念的窗
吹過了你流下的淚痕

（繼續第 524 首. 你變了）
皎潔的月光訴說著夜的寂寞
把藏在雲中的心事
夢中的嘆息
在下著雨的天空
變化成上天賜予的禮物
想像成熱情的紅花
掛在你的髮鬢上
希望你能珍惜慢慢的欣賞

我的思念只有一個
卻永遠分心
像月亮一樣
陰晴圓缺不會常滿
你也變了
驚訝了我對你的印像

在你和你的影子之間
我選擇了放慢腳步
調整心態
不再輕易受外界的轉變所影響
了解人生變化無常
懂得成長輕鬆的做人
在短暫的擁有中
豐富了我們的天空
發現原來的變化
是永遠不能停止
如風飛揚中依然有淡淡的芬芳

第 525 首．學習大自然的生存法則

顯然就這樣的迷失了方向
爬山涉水歷盡艱辛
在困難下徘徊
在山水之間遊蕩
只為了及時發現
大自然的奧秘和途徑
沿著山上懸崖絕壁
看到一株平凡的植物
順其自然的努力生長
它活得很快樂自然
用生命感覺是非
用自然領悟天空的開闊
期望找到支撐生命的力量

自古以來
萬物都呈現一片盎然的生機
一直謹守大自然的生存法則
來和諧融洽的滋長
讓生命能循環不息
把自然構成一幅美麗的圖案
建立真正和諧的共同家園
需要我們共同維護
放下成見找出
天地萬物相生相剋的生機
和諧共存
讓生命生生不息延續不斷

（繼續第 525 首. 學習大自然的生存法則）
我們的社會
也像大自然一樣競爭激烈
「適者生存不適者淘汰」
殘酷的現實
需要我們付出努力的代價
學習生物的本能和競爭合作
當我們落後時需尋找人幫忙
自助而後人助
因為適者已勝過我們
不如我們的也沒有能力幫忙

所以我們當積極努力
犧牲玩樂 思索如何
及早確定人生的方向
集中精力學習支撐生命的力量

第 526 首. 喜歡一場「及時雨」

心似一場「及時雨」
美妙從此開始
但不知到那兒結束
儘管萬事起頭難
事情也只是開頭還沒結果
我們仍須盡力
在這個精彩生動的故事中
踏出了快樂助人的踏步

（繼續第 526 首. 喜歡一場「及時雨」）
摘下路上的幸福
拋向遠方的目的

像古代「北宋」的「宋江」先生
好壞評論不一
但他仍常「雪中送炭、仗義疏財」
在「山東」、「河北」等處聞名
人們都稱他做「及時雨」
把他比　成「天上來的及時雨」
能讓「久旱逢甘霖」
及時提供必要的援助
解救人免於貧苦之難

我們相信突如其來的災難
難以避免
讓我們無法逃避
其實也不用畏懼
了解
「天有不測風雲，人有旦夕禍福」
要求自己把眼光放遠
懂得感謝和珍惜當下
且能在平時多儲蓄
投保些有保障的保險
以保障自己
盡自己的一份心力
像「及時雨」一樣的
滋潤大地

及時助人和行善
讓我們的一生過得有意義

第527首.宛如一場醒不了的夢

太陽出來了
燦爛的陽光
把大地照耀得暖洋洋
廣闊的田野無盡的自然
水稻隨風飄動盡情搖擺
宛如金色的海洋
兩旁的路樹
笑談風聲迎風搖拽
心情自在而浪漫
這裡的風景美麗
空氣清新自然流暢
漫步在
無拘無束的青山綠水間
享受著陽光擁抱自然
讓人不忍離去流連忘返

該如何離去這個反覆的時刻
忘掉那時間的概念
像自然的風四處遊蕩
回憶曾經的甜蜜
想起許多往事仍記憶猶新
我們已盡力追回

（繼續第 527 首. 宛如一場醒不了的夢）
無奈的過去像一陣風的遠離
該來的不可避免
失去的也難以挽回

人生宛如一場醒不了的夢
夢裡的春秋有你的牽掛
無知的控制著我們的夢境
在歡笑聲中誕生
在哀傷不捨中離去
醒來帶不走一切
雖然夢裡虛無縹緲
沒有期待的等待
我們仍然相信春天
還在窗外不忍離去
等著我們夢醒
回到最後的天堂

第 528 首. 好朋友們遠道而來

好朋友們遠道而來
可能會喜歡這裡
看著美如詩畫的風景
呼吸著新鮮自然的空氣
讓煩惱隨風而逝
讓鮮花朵朵為你綻放
心情自然舒暢
增加了不少活力

（繼續第 528 首. 好朋友們遠道而來）

每一個人心中
都有美麗的想像
嘗試著要描述
它們的千變萬化
跟隨着你的腳步去欣賞
人生處處是風景
它總是令人讚嘆
那麼美麗、神奇

好朋友們遠道而來
不管多久沒見
總會讓失落的時間
迅速充滿希望
迎接快樂的到來
交流出無限激情
訴說著對生命的
渴望、挫折和夢想
去迎接燦爛的一天

「君子之交淡如水」
把友情的調色盤
調好心動的顏色
描繪出一切美好的色彩
了解「近朱者赤近墨者黑」
明白真正的朋友的情感
是不會隨時間和距離而變淡
反而會因思念而加深

（繼續第 528 首. 好朋友們遠道而來）
只要記得彼此深深的友誼
等待下次快樂的見面

我們無法要求
每個相知的朋友都能留下來
他們也只是生命中的一個過客
無法陪我們走完全程
我們要懂得珍惜曾經的擁有
珍惜相處過的每一個人
認清現實的無奈
了解自己也了解朋友的定義

第 529 首 . 調整陰鬱的心情

陰鬱的日子
一時感到莫名的沮喪
壓制不住感情的衝動
一把無名火直往上竄
燃燒著熊熊的火光
照著黑暗的情緒

所以我們需要
有修養的美德
來擺脫情緒的束縛
以冷靜的思緒
來明辨是非和減輕壓力

（繼續第 529 首. 調整陰鬱的心情）
應變生活中的挫折和失落
以熱誠的態度
迎接無常的人生
讓自己更輕鬆的面對生活

需要一把快樂的吉他
盡情的彈奏
把糾結的生活打開
讓日子不再困惑
讓再苦再累的人生
堅持的往前走

我們要有規律的生活
有足夠休閒和娛樂來放鬆自我
了解當情緒來臨時
要虛心的感受和接納當下
排除不必要和不滿的情緒
設法提升並且改善生活
為自己創造一個清新光亮的環境
在希望的陽光中
讓生活
回到正常的運作
我們也要能退一步海濶天空
來保障自己的出路
適時的買一些保險防患未然
以免除後顧之憂
讓自己生活得更輕鬆
才能面對陰鬱的生活

第530首.讓心可納蒼穹

守著沉靜的蒼穹
在空虛裡停駐
守著內心的寧靜
淡泊可以明「鴻鵠之志」
任世界
風起雲湧塵埃落定
終究
掀不起陣陣狂瀾
那些沉靜
在等候著美好情懷
在星光閃爍的蒼穹裡
展示著自己的美麗

仰望蒼穹俯觀滄海
讚嘆著短暫生命的神奇
心情多麼豪邁舒暢
唯有「天道」長存
「至則反，盛則衰」
反覆循環順其自然
即使歷經千萬年
也不會更改

無盡的慾望、貪婪的追求
不知不覺的深陷泥沼
讓我們喪失理智
做出愚昧不堪的行徑

（繼續第 530 首. 讓心可納蒼穹）
變成貪婪的奴隸
為我們帶來了不幸
造成了損失將我們吞噬殆盡
為此我們要放開心胸
做自己的主人
迎著朝陽展翅高飛

我們永遠不要認輸
讓心與廣濶的天地相連
即使天空中烏雲密布
暗示著一場風暴的來臨
即使在無止盡的黑夜
我們一樣可以有足夠的間隙
可以看見晴空

真實的發現
才是真正的擁有
珍惜一晃而逝的生命
暢享歡樂的人生
我們不能貪得無厭
也不可不顧一切的追求名利
讓時間白白的從身邊流逝
放下自私貪婪的心
讓一生淡泊名利 無所牽掛
讓心態永遠知足樂觀
生命才能提升層次

（繼續第 530 首. 讓心可納蒼穹）
讓心中可納蒼穹
像大佛慈悲的頂天立地
劃破塵封的思緒
神采奕奕

第 531 首 . 把煩惱掛在天空

我常一個人徘徊在
寂寞的街口
遊蕩於難敖的夜空
獨自反反覆覆的思索
那些悠悠的歲月
我曾一個人
躲避晴朗的白晝
把自己禁錮在
心靈的牢籠
束縛著翅膀不能展翅高飛
委曲了太陽照耀著大地
陪我
把煩惱掛在美麗的天空

面對親吻的太陽
惹火了天空羞紅的臉
委曲的訴說
他在等一個人
投射出燦爛的熱情

（繼續第 531 首. 把煩惱掛在天空）
活出熱烈掌聲的歡呼中
歲月因一句
無情的嘆息忘了憂愁
在熱情陽光的愛撫下
愛上溫暖的生活

我身上的衣服已經陳舊
活著腳踐踏美好的生活
伸手找尋雲的衣裳
彩虹的新裝
體驗生活的衝動
我的心被大海的浪花
不斷拍打
帶來幸福和快樂
讓重新發芽的希望
夢想的種籽被海風吹遍
落滿
整個幸福的天空

第 532 首. 看到了轉機

走到了那些崎嶇的道路
人生的交叉路口
有些人會四處張望
像在尋找些什麼目標
有些人會迷失了方向

（繼續第 532 首. 看到了轉機）
他可能錯過了最初的目的
遇到了人生轉機
以致放棄了原有的行程
朝另外的方向而去

一座座花園
夢想著自己的光彩
一棟棟高樓
互不相讓的
拔地而起直插雲霄
它們正深情的俯瞰大地
看到的生活
始終是不同的美麗

生活中出現了
美好的轉機
一對夫妻在那裡爭吵不斷
他們時時刻刻
都在為對方著想
想如何討對方的歡心
心想生活也許有轉機
卻自以為是的
從不管對方的感受
在溝通上出了問題
他們只想告訴對方
自己是多麼的愛他

（繼續第 532 首. 看到了轉機）
他們夢見了愛的天使
他們不再爭吵
心中充滿了愛
看到了人生的轉機

第 533 首 . 他懷著喜悅的心情

他懷著喜悅和溫柔的心情
有一雙
神采奕奕的眼睛
經常洋溢著幸福的笑容
像一朵朵生活的浪花
飛賤起最美麗的漣漪
彷彿向我們招手
吸引著我們
過著真實美好的生活
滿天的白雲為他襯著藍天
映著他那張幸福的笑臉
陪伴著和煦的微風
吹開
美麗、神秘、可愛的夢
五彩繽紛的
充實著他的人生

他看到了別人笑便感到開心
看到別人悲傷也會覺得難過

（繼續第 533 首. 他懷著喜悅的心情）
和朋友真誠的交流 積極的互動
從而了解他們的情緒
在互動中彼此尊重
讓心靈走向
純潔、快樂的知足中
綻開他精彩的人生

他知道許多
隱藏在心中的秘密
都可以透過觀察:
人物的外貌、周遭的事物、
四周的動靜
去察言觀色出
眼睛所洩露出來的問題
他已學會
懂得人的情感：
有歡笑、悲傷、憤怒、委屈、恐懼、
羞愧、和許多其他的情緒
它們會呈現：
在會說話眼睛裡
在滔滔不絕的言談中
在一個人心靈深處
珍藏的寶礦裡

他藏不住秘密
也藏不住喜悅和憂傷
好像一條奔放的小河

（繼續第 533 首. 他懷著喜悅的心情）
載著浪跡天涯的遊客
陪著上游喘急的殘冰
高興地流淌著
他藏不住一個深深的祕密
在內心掙扎
生活有太多的陰影
扼制了他的成長
生命中有太多的密密
躲避了溫暖的陽光
他從「密密」的陰影走出來
轉個身背後就是陽光

第 534 首 . 善待人生

悄悄的流水流淌在生命的綠洲
靜靜的流走
正如我們無法挽回的青春
那麼應該
善待人生的每個階段
把黑暗的恐懼和凌亂的思緒
放飛
像雛鷹一樣飛向天空
給自己信心
把一道道傷痕用白雲覆蓋
讓我們的信念無拘無束
自在坦然

（繼續第 534 首. 善待人生）
停留在那最美的轉身
留住美麗的色彩和馨香
讓抒情的月光
陪著我們善待生命的顫動

涓涓的流水流過我們的心田
讓沉睡午夜的夢
充滿憧憬
幻想著一路順暢
流向渴望的大海
時間如同一條小河
不甘寂寞的
洗去心靈的汙垢
沖走了煩憂
滋潤著我們的花朵
讓我們在幸福的花海
面對更美好的明天

「上善若水」心似流水一樣
自然流徜 無拘無束
不急不緩的繞過
你及時行樂的人生觀
蕩起你那夢幻般的漣漪
然後告訴你那是不可取的
結束了迷惑的迷茫顏色
感受著「大愛無疆」的偉大
如水一樣的豪邁奔放

（繼續第 534 首. 善待人生）
不遇阻礙就難以激起美麗的浪花
不經挫折就難以通過真理的長河
在流經抉擇的路口
做了正確的選擇

起起伏伏的流水
仍然是一生的奔波
流走青春的花朵
錯過的你只想
給遠方的思念
一個芳香停留

第 535 首 . 傾聽

現在起風了
從窗外望去
城市的景色
如夢幻般的美麗
傾聽著風的節奏
在吹動著搖擺的人生
輕叩命運的門環
是風在世間造訪一切生命
我們無法拒絕
快樂與憂傷的來臨
細雨伴著微風
正光臨這條寂寞的小巷

（繼續第 535 首. 傾聽）
它不僅叩響了我們的心靈
也吹動了快樂的風鈴
揚起了煩惱的灰塵
吹開了智慧的房門
搖曳著我們的夢想
傾聽著我們的心聲

我們常靜不下來
傾聽
別人怎麼說
常聽不到一些知心的話語
總是喜歡搶著說話
極欲表露自己
引起別人的注意
而常輕忽別人真正想法
為此若是過度表現自己
將對於其他人的意見
產生許多偏執和盲點
而不知改進自己的缺失

我們只有學會傾聽
才會懂得如何尊重別人
只有用尊重和恭敬的態度
才能得到許多寶貴的意見
在傾聽中學習
更多的哲理及智慧的語言
我們需要

（繼續第 535 首. 傾聽）
保有一顆樂觀開朗的心
認真用心的傾聽
用歡喜心去感受聲音的美妙
享受美好的樂趣和無限遐想
此時注意仔細的傾聽
機會
正在門外輕敲我們的門

第 536 首 . 他的人生觀

他是一個散發出青春活力的年輕人
經過刻苦的鍛煉身體強壯
年齡大約三十五、六歲
身材高高瘦瘦、一頭漆黑的短髮
看不出什麼髮型
平時穿著素淡 舉止優雅
打扮得樸素大方
他在北方的大城市裡工作
有著堅定的信念、善良的芳心
良好的修養，表現出文人偉大的胸襟
像真理一樣美麗的照耀他的思想

他的思想新潮浪漫吸引著我們
打開了心扉接受新的挑戰
他的人生樂觀進取
大方的幫助別人

（繼續第 536 首. 他的人生觀）
讓我們領悟了苦澀過後的回甘
嚐到勝利的滋味
他歷盡人間磨難培養了堅強的意志
不向命運妥協
用心去改變自己與社會
勇於接受困難的挑戰
讓我們看到了他的光明和希望
了解：「苦難的降臨是幸運的磨練，是上蒼對我們的考驗，當我們毫無畏懼的迎接時，它正設法給我們帶來新的希望」

人的一生必須吃過很多苦
受過很多累才能有一種擔當
當他看到了臥病在床的父母
和一些毫無血緣的孤寡老人
以及社會上生活拮据的家庭
向他求助
希望他伸出援助的雙手
他便意不容辭的投入救助
付出真情的溫暖
他說：
「雖然現在我的生活並不富足，但我依然希望幫助許多需要幫助的人，我深信我能盡一份心力，幫他們渡過難關」
他認為生活中的困苦
是磨練他走向成功的道路
是引領他到達勝利彼岸的明燈

（繼續第 536 首. 他的人生觀）
朋友們
讓我們也學習他的人生觀
接受生活的困苦、不怕生命的苦難
勇敢的重新出發
幫助所有失去愛的人
幫助困苦和需要救助的人
找回希望、解決困難
也讓我們為我們自己的人生
找回晴朗
看見生命的色彩是充滿希望

第 537 首 . 走入希望的智慧城市

走過喧囂和車水馬龍的城市
總有莫名的寂寞
路旁的霓虹燈閃閃爍爍
綻放著迷人的笑容
卻不知我們已錯過了什麼
走入希望的城市裡
總有莫名的疑惑
多變的街頭 紅男綠女依舊
時尚的穿著 新潮的打扮奇特
已超出我們的料想和猜測

走出迷茫的城市
回首時

（繼續第 537 首. 走入希望的智慧城市）
才發現原來寧靜也是一種美
不論過了多久也不會心生厭倦
讓我們繼續編織著城市應該有的愛
送出溫馨的祝福給有困難的朋友
把挫折克服讓煩惱消失得無影無蹤

走在回家的路途中
才發現
原來編織的夢想和希望
是需要無數的智慧和奮鬥
了解進步的腳步是我們渴望的追求
享受著
智慧城市的發展
看見知識社會的創新
提升了都市管理的成效
改善了生活品質的享受
因應了我們快節奏生活的訴求
明白
未來生活的趨勢需要智慧的感應
來解決我們複雜的需求
它會在時間到了通知我們
會在我們消費時 把錢從帳戶扣走

智能的導入
已使工作和生活的效率提升許多
無人車已來回進出
送走了一批批的遊客
上網購物、無人商店、線上繳費、

（繼續第 537 首. 走入希望的智慧城市）
不著痕跡的聲控、眼球科技
還有更多的想像和需求
都能出現在我們的生活中
來滿足我們看不見的幸福

許多智慧的高樓拔地而起
是眾人努力的結果 使我們更接近幸福
是科技的進步讓我們過得更舒適
我們相信一定有那麼一天會普及
只要心裡想著一件事、眼睛動一下
就有信號發出神奇的命令
在某處安排好了
幫我們處理得妥善完美
讓我們滿意來過最好的生活

第 538 首 . 你喜歡追尋的夢想

你喜歡追尋的夢想
引領著你的一生
美麗的希望
遙遠的地方
沿途崎嶇坎坷
走過許多考驗
經過不少難關
總算找到你人生的目標
擁有了一片天地
你卻難以盡心盡力的自由奔跑

（繼續第 538 首. 你喜歡追尋的夢想）
追逐你夢想路上的幸福和熱情
你只有再次找回初衷
境隨心轉一切由你掌控
找回當初的自信和快樂

你說:「偉大的成就，
並非全來自偉大的夢想；
有夢最美，命由己造」
就如一片山林想得到
最理想的顏色

我願是
一顆閃亮的明星凝視在你的前方
看著你從谷底向高處攀爬
以為你可以到達理想的目標
卻不清楚你那天會因力氣耗盡
感覺疲累又沮喪的來停止腳步
你徘徊於現實的考驗
任所有的目光在你眼前失落
埋沒於人羣之中無助而悵然
你仍不想失去理想和希望
努力的掙扎
讓我感嘆著你 人生的滄桑

你說：
「所有的力量，並非全源於力量；
而是來自於自然的掌控」

（繼續第 538 首.你喜歡追尋的夢想）
你成就的成長 渺小的願望
多次讓你從人群中走出來
看著自己的傷痕 步步踉蹌
你仍勇敢而堅強的 執著於追求
希望超越命運的阻攔
始終不放棄夢想
你必然會往上而高人一等

我說:「意志的堅持，信服的理由；
一切由心志來掌控」
你只有不畏艱難 勇於攀爬
才能達到真正的高峯
你如果自侍高人一等
免不了被聰明所誤

第 539 首.我常越過的高峰

我嘗越過了海濶天空
越過飄飛的思緒
在時間的影子裡
忙碌的奔走
雖經波折
承受著生活的重擔
仍堅持不懈的努力
以雄鷹之姿
展翅高飛 翱翔於天際

（繼續第 539 首. 我常越過的高峰）
歷經風雨的磨練
越過無憂的山峯
打開了心靈的隘口
悠揚的描寫出青春的燦爛
找回渴望已久的生活

我曾爬山涉水讓心靈去旅行
爬得越高看得越遠
慢慢的發現上山和下山的美景
有著截然的不同
而忽略的美景
往往是近在眼前的一景一物
即使調整生活的腳步
讓生命顫動
也依然要在
有轉捩點的機會 回頭
才會發現所有的不同
發現原來的美就在左右
而不是一味的追求
遠在天邊美麗的雲朵

有時我也會換個方法思考
加入其他的理念
即使波濤洶湧浪花飛賤
也會棄而不捨的前進
途中道路不論如何崎嶇坎坷
也能自信的化險為夷

（繼續第 539 首. 我常越過的高峰）
走向成功
只有登上人生的高峯
才能在高處找到我們的美夢
雖然累得大汗淋漓
累得氣喘吁籲的
只要有心
就沒有克服不了的困難
讓我們在嘗試的經驗中
得到新的歷練
豐富著我們的人生觀
走出自己的生活圈
賦予我們新的生活

第 540 首.如何面對時過境遷的過去

如今已時過境遷
昔日的甜蜜如煙花般的美麗
只有瞬間片刻的短暫
留不住風華歲月的過去
默默的行走在風雨的歲月中
感受著生命的變化
人情的冷暖
逝去的溫柔風情
只有在甜蜜的回憶裡
勾起往日的香氣
和伴隨著我的不如意

（繼續第 540 首. 如何面對時過境遷的過去）
讓我們感慨人生的無奈
只有提起自信和勇氣
嘗試著去努力且不言輕易放棄
充實的贏回生命的讚禮

還記得那些歲月的漣漪
詳細的情景和那種遠離的痕跡
風飄搖著花的美麗
感動了花開的每一天
經過了春天吹開過去的苦澀
遠離負面的情緒和煩雜的瑣事
忘記那些不如意
試著原諒別人的過錯並且改進自己的缺失
將一些流言蜚語付之一笑
讓它消失在扶搖而上的煙花裡
不再被提起

不論過去有多麼難堪
也要問心無愧的面對自己
面對往日的情景
要有一些領悟
可以利用些時間
來讚賞一些美好的事物
用一首動聽的歌謠
忘記過去的情感糾葛
讓心靈獲得慰藉
洗盡鉛華的回歸平淡

（繼續第 540 首. 如何面對時過境遷的過去）
讓那些刻板的生活
乏味的故事以及世俗的眼光
不會再那麼無趣

偶然的甜蜜
只會在少數情節中出現
漫長的生命中不會只有幾片落葉
的驚奇
我們無法改變過去
但也不要讓它影響到自己
為此我們要了解過去的一切承擔過失
改變現在和創造未來
回首走過的路
在生命的深處仰望人生
相信有夢的未來
領悟歲月的神奇
了解生命中的感動
好好的珍惜其中的階段
善待自己
讓以為簡單的生活
像擁有一座山的廣闊胸襟

第 541 首 . 留下愛的想法

你喜歡親情
喜歡溫柔的顏色

（繼續第 541 首. 留下愛的想法）
喜歡所有感人的一切
我更喜歡你無私的奉獻
滿意你帶來的幸福和快樂
不論你怎麼變化
永遠是最美麗的笑容

一切全是愛的想法
時間張開口
把愛說了出來
因為你的付出
永遠是最美麗的幸福

如果你滿意
目前擁有的一切
你將得到更多的快樂
因為每一個人
都希望去追尋快樂
那怕是現在一無所有
只要還有希望、夢想
就會找到生命中最美好的一切

你得到的快樂
或許是短斤少兩
生命給了你許多的夢想
你只有留下愛的想法
繼續實現夢想
以健康作為前提

（繼續第 541 首. 留下愛的想法）
任風把你的煩惱吹散
那些喜歡的親情
會像快樂的種子一樣
在你的心裡生根

愛的光輝
會照亮在妳的身旁
那將是一種
幸福和安祥的生活
將是一種快樂的誕生
你看
一切都很美滿
天空為你出現
這麼美麗的色彩
愛是一個美好的開始
是你一生的希望

第 542 首. 尋找人生的出路

我們都嚮往過舒適平穩的日子
對往日的美好眷戀不已
想幸運的
行走在繽紛燦爛的人生道上
去尋覓一些正面的能量
全神貫註的來追求目標和理想
守候著一份不變的信念

（繼續第 542 首. 尋找人生的出路）

展示出不成功就不停止的決心
心無旁騖的
不受外界的環境所影響
全力以赴的來尋找人生的出路
宛若成功的目標就在身旁

但若要理想有所進展
事業有所突破
就必須有
準備周詳的計畫和目標
學習運動家的精神
屢敗屢戰越挫越勇
選擇只進不退的方向
步步為營小心謹慎的
走向人生的大戰場
贏取出路的希望

世界不過是我們的一片淨土
不必羨慕慵懶閒逸的生活
不去計較日子過得好與壞
最重要的是心靈的開朗
我們應該好好做自己
去儲備生命的能量
調整生活的形態
選擇自己喜歡做的工作
積極的投入培養興趣
努力的使事業有出路

（繼續第 542 首. 尋找人生的出路）
集中精力的來
取得生活的重心
完成人生的成就

我們不想一事無成
希望有勇敢果決的魄力
來爭取成功的最佳時機
找尋人生最好的出路
這個方向其實並不困難
生活也不只是燃燒中的光亮
懂得去分享成功或失敗
往往是另一種修行的成就
堅持自己的理念
使自己更有信心去完成計劃
才會容易找到人生的出路
找到通往成功的方向

第 543 首. 出門在外

茫茫人海中
與一個匆忙的朋友
擦肩而過怎能否認
這也是一種難得的緣分
佳節已經來臨
你開心的想說些祝福朋友的話
那些知心的話語

（繼續第 543 首. 出門在外）
帶著甜蜜的笑容遠走他鄉
歡度著自己的節日

出門在外
盡力把自己的工作做好
無須在意別人異樣的眼神
走好自己該走的路
不用心虛的四處張望
心情保持愉快就沒有過多的煩惱
也不會心生厭倦
找一個不會迷失自己的地方
避免外界不好的誘惑，
只要心中有愛無論怎樣走
都會讓自己覺得快樂

誰該留在那裡？
誰被錯過的機會挽留？
一位溫柔的母親
帶著人生的滄桑
臉上露出了慈祥的笑容
站在那孤獨的故鄉
揮舞著手中的祝福
送走大地的寒冬
情願一生的辛勞付出
為了讓你趕走煩惱
驅逐憂傷
讓幸福跟著你走

（繼續第 543 首. 出門在外）
多給父母打電話說 :「自己很好
請他們不用操心」
如果很忙
至少一個星期回去探望盡孝
我們總希望多賺些錢
能讓父母養老安度晚年
其實父母想要的
不是這些物質的享受
而是一份孝心的感動
不要讓他們擔心
那怕自己一無所有
也要盡孝的愛父母
讓他們以子孫為自豪
過幸福無憂的晚年
用最好的愛孝順他們
直到終老

第 544 首 . 你美麗的生活

你把美滿的生活
照成許多照片
美麗得令人賞心悅目
所有的日子為你快樂
所有的歲月祝你幸福
美麗的色調閃亮耀眼
你主宰的夢想
讓我看見正面的鮮豔

（繼續第 544 首. 你美麗的生活）

你看著照片
彷彿來到快樂的世界
每一張都是絕美的夢幻
浪漫得都讓我想 問個究竟
歡樂情景頓從眼前閃現
浮現出那些最美的往事
在你的腦海裡盤旋

假如你走出寂寥的家門
漫步在清晨的田園裡
聆聽悅耳的鳥啼
呼吸著花兒的香氣
沿路的景色花花綠綠
感受了泥土的氣息
我會輕輕的走來
跟在你的身邊
陪你看著視野遼闊的清新
你把華麗的羽毛曬乾
不讓風雨晦暗的天氣
在純潔善良的心靈誕生
夢想著不同於幽暗的藍天
不同於黃昏的美麗
舒展出心花朵朵的心情
那也許就是青春氣息
最唯美的見證

第 545 首 . 看清迷惑的人生
（詩歌未譜曲）

人生如夢，妄想不會成功
借假修真，識得本來真面孔
燭台明鏡，照見五蘊皆空
是時求道，讓智慧開通

歲月忽忽，了卻紅塵美夢
何去何從，修道了願和立功
法喜重重，法喜心意相通
法喜你以，歡喜心來認同

要趕快改變生活，選擇來修道過一生
從求道的那一天起，決定來清淡過一生
放下一切活得自在、修身養性、看清迷惑人生

第 546 首 . 他發現了生命的苦果

終於
他發現了生命的苦澀
發現自己不是那麼地堅強
面對這顆生命的苦果
居然令他痛定思痛的
承受了折磨
去彌補那些曾經的放縱
時光開張了翅膀 飛越不幸的天空

（繼續第 546 首. 他發現了生命的苦果）
他只有付出雙倍的汗水
改去以往的過錯
快樂的面對因果
重新播灑希望來振作
才能了解堅強的結果 必會苦盡甘來

他終於想通了
如何擺脫自己的困境
必需要看清自己的思想
與智者長談 從心靈來解脫
了解：「心能轉境是覺者，
心被物轉是迷惑」
做到表面隨和 內心嚴正
學習水一樣能柔中有剛
培養包容的胸襟和氣度
做一個表裡如一的真正好人

他有一片廣闊的天空
星光有些暗淡
看著一片寧靜的湖泊
泛起陣陣的漣漪
蕩漾著無法驅趕的孤寂
面對這個無情的世界
只有愛陪伴著他
他有一顆感恩的心
感謝世間的一切
替他創造了許多

（繼續第 546 首. 他發現了生命的苦果）
生命中無限的可能
讓他感受成長的喜悅
是需要
以修行來化解煩惱和憂愁
以包容來撫平怨恨的傷口
以勇氣去承受疼痛的折磨

第 *547* 首 . 喜歡你那麼用心

理想的春天已經到來
期盼播種的雨也已經來臨
喜歡你那麼的用心
去播灑希望的種子
用愛來培養與辛勤的灌溉
讓美好的生命從此開始
願你所有的期待都能實現
早點結出累累的果實
讓甜蜜的滋味滋潤你的心
讓美好的讚美與希望的祝福
在每時每刻都給你溫馨的鼓勵

你可以創造幸福 計劃未來
獲得你想像的善果
用生命品嚐苦澀與甜蜜
在順其自然中向上成長
取得你滿意的結果

（繼續第 547 首. 喜歡你那麼用心）
在綻放的花朵中陶醉於
那一片屬於你的天地

喜歡你從夢境的深處醒來
告訴我
你想成為幸福的人
想藉喜歡的色彩
變化出多彩的人生
學著風箏遠離地面的汙泥
飛向理想的藍天
開創出美好的未來
讓我感動的凝視著你的天空
帶著喜悅來祝福你

喜歡你帶著自信
守住一顆寧靜坦然的心
把生命中厚重的包袱
難捨的私密
全部攤灑在無私的陽光下
讓輕鬆的風吹走
飄向遠方
喜歡你取一盞智慧的明燈
照亮自己前路的光明
以開朗的心情
迎接現實的生活
專心致志的前行

第548首.綠色的活力

春天的臉綠了
他一臉燦爛的笑容
洋溢青春的氣息
滿懷著許多鮮豔的花朵
五彩繽紛的變化了大地
綠色的活力
在大地搖曳
溫柔的細雨
滋潤了
滿園的甜蜜
吸引了多少追求的青春
在這裡守候著幸福的愛
安心的生根落地

喜歡追求的你
渴望著他飄灑出
一片盎然的生機
裝扮得色彩絢麗
綻放出自信的朝氣
用心來描繪出一幅
春天的美麗

讓我也為綠色的活力
留下遐想的話題
為了一份感動的心意
帶給你一首：

（繼續第 548 首. 綠色的活力）
「滿園飄春色」
風吹草動情，雨落花有意
滿園飄春色，大地換新衣

遠方多情郎，耕作好時機
只要勤努力，扶搖上萬里

第 549 首. 跨越生命的羈絆

儘管我們站在世界的高處
跨越生命的羈絆
明白了人生意義
還是無法讓生命
過得坦然

只因我們的心胸不夠開闊
人生不夠樂觀讓得失過於執著
受不起艱苦生活的考驗
意志不夠堅強
讓生命浪費得過於容易
放不下牽掛心情不夠快樂
讓日子過於苦悶
其實時間仍在原諒著我們
只是我們仍不知足的感嘆
歲月如梭
讓我們迷失在它的巨流中
隨波逐流

（繼續第 549 首. 跨越生命的羈絆）
好像生命在時空中旅遊
好與壞、長或短都須
自己的努力來發揮和奮鬥
讓充實的人生 活得精彩
讓知識的增加 誘發出創新
使想像超越了時空長出夢想的翅膀
飛翔在天空
其實時空像一條永恒的長流
它不變的停留在宇宙
讓我們產生了錯覺以為它在飛逝中
以為短暫一生中的努力和奮鬥
會轉眼消失很快被巨流衝走
其實我們的精神、思想、著作
都可以長久流傳
不因歲月的消逝而沒落
不因生命的結束而消失
可以由不同的形式來呈現
活在人們的心中

我們常說人生如夢、夢如人生
生命在無情的世界裡穿梭
不能從頭來過只有勇往直前的走
像一首生命之歌旋律的好壞
音符的高低由我們自己來創作
歌聲輕快婉轉與否也由我們來演唱
跨越生命的羈絆唱出心中的悲傷或喜樂
待曲終人散時
下台揮揮手不帶走一絲憂愁

第550首.我寫詩（一）

我寫詩
喜歡讚美和祝福
夢想著安心的睡眠
做著甜蜜的美夢
期待著幸福和美好伴你入睡
讓那麼多開心的往事
陪著你
現在的生活
願你一夜好眠忘記所有憂愁

有時想去回憶
害怕失去所有美夢
只有在月光明亮的時候
走過寒夜的街頭
凝望著寂寞的星空
在那裡飄泊
期待想像的流星雨
帶給我們
願望和快樂
讓我們年輕的夢想有所寄託
不讓歲月留下苦澀

有時想點寫什麼
拼湊著感情
度過沒有靈感的夜晚
像喜歡追求的朋友一樣

（繼續第 550 首. 我寫詩（一））
讓生命陶醉
想起美麗的花朵已經枯萎
只有乏味的開啟智慧
拿起桌上的一本書
詢問美好與快樂
找尋一個遺忘的笑臉
讓他們活在我們心中
變成我們每天精彩的生活

第 551 首 . 美夢成真

花兒裝扮著夢的美麗
夢想和希望煥發了生命的光彩
甜蜜的滋味點點滴滴
生活因此有了活力
只要心中的信念堅定
展開夢想的翅膀
飛越理想的天空
翱翔在美夢成真的生活裡

如今無數蒼涼的夜晚
日子過得暗淡而缺少驚喜
工作忙碌得讓心靈空虛
不得不在實際的生活中
追求信仰
免除可怕的衝擊

（繼續第 551 首. 美夢成真）
雖然知道遙遠的夢想很遠
還是選擇了努力
清楚夢裡的道路崎嶇
還是勇敢的走下去
了解美麗的青春苦短
依然激動的去追尋
為了美好的生活
還是選擇
夢想所鑄的世界去旅行

一個輕飄芳香的夜晚
到花園去欣賞花醉人的情景
正群芳吐豔飛舞著美麗
欣賞著迷人的芬芳樂在心裡
聞著飄來的香氣縈繞在身旁
久久不去
想起曾經的牽掛
無時無刻懷念在心裡
廻旋在夢中讓我們讚賞著
夢的美麗

第 552 首. 真摯的友誼

真摯的友誼
看到了世界的美麗
找到了真誠與友情

（繼續第 552 首. 真摯的友誼）
有一顆牽掛和祝福的心
像一件珍藏的藝術品
歷久彌新
得到了要更加珍惜

我們在崎嶇的人生道上
發現一些來自心靈的契合
讓大地裝滿春色
洋溢了熱情的花朵
接受春雨的笑臉
幸福的風吹
任由時間無情的沖刷
只為了帶給你的
天空
一個天長地久的友誼

像一顆四季長青的青松
在心中永不凋落
讓我們彼此鼓勵
執著的情感永不分離
唱首輕快的樂曲
給一份溫馨的甜蜜
讓朋友
永享快樂富有活力
在生活中開滿純潔的花朵
讓生命變化得多彩多姿
在人生的旅途中擁有更多
真摯的友誼

（繼續第 552 首. 真摯的友誼）
有朋友的陪伴
讓我們的生命變得絢麗多彩
真誠的希望朋友們
都有美好的明天
了解我們的友情
是一瓢甘甜的泉水
使人忘記生活的苦澀
像一盞明燈照亮了
我們的光彩

第 553 首 . 承認的話題

許多人仍然不承認一些
無心的過失
傷害了別人
也造成遺憾的回憶
時間並沒有撫平記憶的傷痕
只有留下歲月的痕跡

記憶的花朵在我們
四週綻放出美麗的色彩
而無心的過失就像枯黃的落葉
一樣失意
為此我們只有承認
一片容易落下的秋意

（繼續第 553 首. 承認的話題）
承認一些過去的疏失
難道還會有失意
別無選擇時除了承認
我們又怎能猶豫
承認需要勇氣
承認也並不可恥
至少可以彌補一點創傷的過去

第 554 首 . 人生向前行

風雨再怎麼無情
也阻擋不了我們前進的腳步
困難再怎麼變化
也難以動搖我們向上的決心
我們要在困難面前發奮圖強
在風雨中不屈不撓的前進
堅持著超越命運的腳步
樂觀的相信未來
勤勞的努力和熱衷於學習
不達目的絕不終止
相信幸福的未來就在眼前

我們要多想想未來
會變成什麼樣的人？
在做什麼樣的事？
假如我們能規劃未來

（繼續第 554 首. 人生向前行）
把握住現在的每一刻
把目前的生活做理想的調整
按照計劃進行
用心於學習和工作
並珍惜和享受當下
讓每一天都是最幸福的時光
在希望中收獲一個燦爛的未來

我們要活在當下
要好好的做好現在
為實現夢想編織美好的未來
克制貪婪的慾望
不去強求於一場春夢
才不會自尋煩惱的患得患失
踏實的向前行實現人生的理想
希望的未來定會向我們招手
為我們帶來美滿的人生和
該來的成功

第 555 首. 他看到了大海的遼闊

有一個年青的夢想
站在現實與夢的港灣
望著遼闊的大海
心情無比舒暢
他走向浪花拍打的海岸

（繼續第 555 首. 他看到了大海的遼闊）
憧憬著大海浪漫的色彩
嚮往那活力的海洋
希望遙遠的燈塔
能引導出幸福的方向
讓迷失的徬徨 張開順利的風帆
找到遠方的夢
勇敢的航向幸福的彼岸

他看到了大海的遼闊
魚兒跳躍著自在的浪花
仰望著天空的蔚藍
寬廣得
任鳥兒飛舞著希望
他感受著了無牽掛
自由自在的心情
想像著牠們得以
施展抱負的希望

然而我們在生命苦海中
無法擺脫生老病死的過程
在因果循環中
又難免愛恨情仇的糾纏
想要達到了無牽掛、
自然自在的境界
只有海闊天空的心胸
海納百川的胸懷
大海像一位心靈的導師

（繼續第 555 首. 他看到了大海的遼闊）
祂傾聽所有寂寞
容納一切煩憂
以驚喜的浪花朵朵
化解著我們的迷惑
沉澱了我們的苦澀
用祂無私的廣闊
包容了我們的汙濁
還給我們一個清淨的快樂

想想有什麼放不下的牽掛
有什麼可以自尋的煩惱
都可以學習大海的包容
和那廣大無邊的智慧
領悟祂的精神
感受到自己的渺小
讓自己能海闊天空
讓我們的人生也能無比的快樂

第 556 首. 看清自己的美麗

充滿希望的去照亮前進的道路
遠比那些
懂得去揭穿暗處的假相
參與一些燦爛的多姿多彩
追求理性正義的呼籲
還要有意義

（繼續第 556 首. 看清自己的美麗）
是的
光明的前途要自己開創
誰也沒有最好的辦法幫你
因此真正的光明
握在你自己的手裡最適宜不過

果然你與理想之間的距離
越來越近
近得分不清是真是假
就像鏡中的你一樣美麗
可惜沒有人懂得讚美
也不知道在無數的你之間
那一個你經得起別人的批評
好像只有那些徬徨的幸福
無心的花朵陪伴著你
使你感到生活乏味無趣

有時侯你會發現
一切不如想像中的美好
發現自己也無能為力
最終放慢了腳步
讓生活忽然覺得很失望
覺得一切並不如意
陪隨的許多人也離你而去
讓你失意的缺少了
生活的樂趣

（繼續第 556 首. 看清自己的美麗）
其實
活著就是承擔痛苦和失意
你只有堅強的反省
對自己說沒問題
為此你要確定了人生的目標
看清自己的美麗
讓美麗的心情
永遠比外表亮麗
比所有虛偽的人更實際

第 557 首. 希望的畫作

已輕看了很久
你仍然用藝術的眼光
欣賞這些獨具匠心的畫作
我開始有點明白
你用不同的角度觀察時
深情的目光像在凝視著久別的好友

期待希望的畫作
帶給我們喜悅和悸動
讓快樂的心靈
停留在美好的時光中
隨著七彩的人生
用心的去感受
把生活中美好的色彩

（繼續第 557 首. 希望的畫作）
描繪出活潑和生動
讓人生的花朵持續著綻放中
讓值得珍惜的畫作 真心的來保留
了解美麗的外表
都渴望著永遠的讚美和追求
讓希望的畫作 自然的掛在心中

你的心胸越來越寬廣
像大海一樣遼闊
滿載著希望歸來
滿足了所有用心的收獲
我拿什麼跟你比較成敗得失？
你寧願放下一切
也不願放棄朋友
陪著什麼都沒有
的朋友
滿懷希望的去旅遊
你說：
「人生沒有目標，
像一幅單調的畫作，缺少了色彩，
看不出有什麼明顯的訴求；
找不出它美麗的結果」

就這樣詩中有畫、畫中有詩
你就滿足了
這是一幅值得欣賞的畫作
值得你去描繪的人生

（繼續第 557 首. 希望的畫作）
在你的心中充滿幸福的色彩
溫暖的顏色
你正握著手中的畫筆
畫出美麗的生活
讓我看見了你的人生中
一幅幅希望的畫作

第 558 首. 面對迷惑的問題

迷惑時
謠言又一次闖入我們心裡
讓我們身陷流言蜚語
中傷抹黑的危機
常傳來別人道聽塗說的話語
讓我們心裡掙扎不已
紛亂於耳際
為此我們要理智面對
嚴峻的話題
讓謠言止於智者
明白事情的原貌
了解社會出了什麼問題
用心的去分析
客觀理性來做評論
才能增加智慧和勇氣
創出純樸善良客觀的風氣
還給

（繼續第 558 首. 面對迷惑的問題）
溫暖的社會一個公平正義
相信日久見人心
讓那些冷言酸語
淡化在理智的社會裡

迷惑時
惆悵又一次闖入我們的心裡
生命中有太多的不如意
生活裡也有不少的失意
因為我們常依賴著別人的指引
走向順從的道路上
有時不清楚生活色彩的美麗
也不敢任意的走出重覆的順境中
背負過多的畫筆
難以描繪出未來的光彩
所以我們要了解生命的意義
學會承擔一切
了解風雨飄搖了花的美麗
但也會把枯萎的花朵吹落在地
雖然我們無法改變過去
但也可以改變現在的自己
只要勇敢的面對 不去逃避
努力的來學習自主的能力
發揮自己的專長培養良好的興趣
做到真正的自主自立
才能改變迷惑的自己

第559首.祝福你一切如意

朋友你目前的生活還滿意嗎？
雖然你對未來滿懷期待
對一切充滿自信
我還是要來祝福你一切如意
我知道
你給了我最多的鼓勵
而你的樂觀過早的誕生
你的善良有太多的憐憫
也沒有猶豫的私心
因為你在每一個人的心中
是完整的美麗

當困難來臨你說：
「綻放的花朵，
需要微風細雨的邂逅，
所以美麗；
道路上崎嶇坎坷
需要朋友齊心合力的來修補，
所以順暢
剷除障礙和危險，
需要朋友不離不棄
才能順利前進
所以能走出人生的樂趣」

歲月還算風平浪靜
於是浪花渴望著衝向海岸

（繼續第 559 首. 祝福你一切如意）
江河緩緩東去
於是流水渴望著一瀉千里
生活還要努力
於是泛起了心靈的漣漪
我們可以看見勝利的搖擺
驕傲的自信
在至高的真理中
檢驗出想像的打擊
在朋友的友誼裡
隱藏著難捨的情義

只要表現自己的誠意
了解和尊重對方的心裡
讓朋友對我們無所顧慮
才能交往出真誠的友誼
做一輩子的知己
我們不用在乎年齡和富貴貧賤
讓心弦相通才能得到知音的樂趣

第 560 首. 不妥協現實的藉口

喜歡的歡笑在眼前穿梭
渴盼的安樂在生命裡的遊走
我們不能
把理想和志願隨意的放鬆
避免信心失去了原有的把握

（繼續第 560 首. 不妥協現實的藉口）
拒絕從此接受妥協的安樂
過著消極安逸的生活

我們不讓
壓力釋放出重重矛盾的訴求
不妥協現實的藉口過勉強的生活
應謹慎
在詩詞的期待中
發洩出那些簡潔有力的文字
用完整的詩句
讚美那內心深處的美好
理想中的歡樂
我們需要
獨立自主的思想
才能真正了解
生命的意義和生活的目的
因為領悟了真理
才不會
愚昧的接受無理妥協的要求
接受不屬於自己的天空

讓我們
增加和諧生活的要求
放下衝突的想法
來謀合不斷變化的人生
協調好順從的誘惑
讓自主的快樂接受道德的勸說

（繼續第 560 首. 不妥協現實的藉口）
以不同的浪漫取代了放縱的快樂
取代了未來的奢求

雖然
翻滾著心靈的顫動
侵蝕了滄桑已久的模糊
讓雨水去尋找遠方的夢
風帶走妥協的愚昧
我們還是要
坐好堅持自主希望的驛車
去奔馳夢想的軌道
把生命的希望
帶往開遍幸福的旅途中
重新檢視妥協的天空
堅持不懈的努力
不妥協現實的藉口

第 561 首 . 有一天

有一天
我會忘記昨天的煩惱
現在的憂傷
踩著輕盈的步伐
遠離一片荒涼
微笑著敞開胸懷
接受無法改變的現實

（繼續第 561 首. 有一天）
勇敢的去追求自己的嚮往
不讓淚水再次流淌

有一天
我會卸下奢求的重擔
放開自身的束縛
跨出信心的腳步
走向成功的環境中
開啟希望和夢想
承擔起生活給的壓力
努力把握住奮鬥的方向
釋放出自己所有的能量

第 562 首 . 用真心換回失去的人生

不要讓
心情天天掙扎
在虛虛實實的生活中
迷惑和徬徨的摸索著
人生中的真真假假
每天用迷糊的心
來對待虛偽的自己
用嘴巴說別人是非
來獲取心靈的安慰
自以為是的標準
來衡量名利權勢

（繼續第 562 首. 用真心換回失去的人生）
只會逼得自己走投無路
惹禍上身
沉沒在自欺欺人麻醉之中
不能自拔

找一個開闊的天空
得到活動的自由
用心對待學習的生活
我們何不用真誠
來對待這世界
用真心來對待自己
以真情來取得實在的人生
使用誠實來收復失去的天空

接著用心開拓眼前的人生
給單調的青春描繪多彩的顏色
好好的與人為善
給別人和自己一條快樂的出路
多說實話多積點口德
放下自私的念頭
用真心換回失去的人生

第 563 首 . 活出真正的快樂

生活是快樂的
你必須

（繼續第 563 首. 活出真正的快樂）
打開一扇窗
讓快樂的氣息流暢
甘願的付出才能擁有
歡喜的感受
徹底放下要求回報的念頭
才能做到最無私的奉獻
得到助人的快樂
歷經艱辛的過程
才能學會真正的快樂
卸下虛偽的面具
做真實的自己
展現出真實的笑容
才能活出真實的人生

想要擁有真實的人生
你必須
把握住所有的一切
讓疑惑與不安消失
不用擔心別人懷疑的眼神
來掩飾自己真正的模樣
先相信自己
跨出自信的腳步
讓別人信任我們
好好做自己
讓人看見我們真實的快樂
多分享一些生命的光輝
展現真正的自己
讓人格散發出光芒

（繼續第 563 首. 活出真正的快樂）
別以為做一個
冷漠無趣又刻板的人
就能成功
就能活出真實的快樂
無論我們在那裡
都該懂得做自己
因為大家都喜歡跟
懂得快樂做自己的人相處
讓所到之處一路暢行無阻
所以生活充滿真實的快樂

第 564 首. 假如我們喜歡一個人

假如我們
喜歡一個人是一種快樂
是一種美麗的改變
我們將毫不保留為他付出
會隨時控制住自己的情緒
經得起熱情的溫度
並能不計較得失和委曲
忍受卑微的心酸
忠誠的圍繞對他的信念
使人生漸入佳境
讓喜歡的人
永遠留在我們的身邊

（繼續第 564 首. 假如我們喜歡一個人）
我知道
你的心很容易受傷
知道期望如果落空
傷心的滋味並不好受
喜歡你先說出口
如果你只放在心中
或許感情就這樣錯過
到時後悔莫及的情感
逝去時就像一陣風

我們都有個想要尋找的人
假如錯過了就難以追回
如果喜歡
就不要讓機會輕易溜走
有喜歡的人就要用心追求
無論過得好不好
也不輕易的離開
喜歡你用心的選擇
讓幸福像希望的種子
需要我們熱情去灌溉
用心的來栽培
期待收穫滿意的花果

祝福大家都能
擁有身邊的的幸福
發現幸福就在我們身旁
等待我們去追求

第 565 首.走出灑滿失落的天地

我已經走出了目前的谷底
我從沒把微笑
當做掩飾醜陋的工具
它們只是幫我從失落的危機中
爬出寂寞和孤獨的圍籬
我寫詩也不是有意使問題複雜化
只是從日常生活中一些
信手拈來恍然大悟的道理

這裡有一片灑滿失落的天地
無情的冷風吹醒了我的希望
一陣細雨淋溼了我的熱情
我正設法走出這迷路的小樹林
看見前方墜下的落葉旋轉著輕盈舞姿
像花蝴蝶一樣飛舞著美麗
心頭不免湧起了幾許秋的涼意

秋天已離去
只剩少許葉子還慶幸著歡喜
它們都還在枯黃的世界裡
等待著落葉歸根的勇氣

第 566 首 . 合理詩集的意義

好友們早安
感謝大家的支持和鼓勵
「合理詩集」粉絲專頁已成立
延續了我對人生的話題

它是一種夢想
也是對幸福生活領悟的樂趣
人的一生中有許多課題
有些問題
是在工作或生活或感情以及和
家人、朋友、同事的互動
讓人產生的疑慮

希望有正面的領悟來分享
解決一些不順心的思考
探索出人生 樂觀進取的意義

第 567 首 . 選擇好友

欣賞我的人
可能就在我身邊
我曾用心觀察
試著去尋找
並敞開了敞開心扉
讓一些朋友知道
我全部的想法

（繼續第 567 首. 選擇好友）
關心我的人
可能一直伴我身旁
我曾期待關愛的眼神
感受過冷眼旁觀
我的心寧願相信
我會
棲息在最溫暖的地方
也不想在淒風苦雨中流浪

善良的人
可能在距離我不遠的地方
選擇好友使我相信
遠離是非、學習改過
才能
精益求精
做到善良和寬容
找到真正的知音
讓柔軟的心不再受傷
讓擁有的固執和率真
不再
背起迷惑的行囊
和自以為是的空殼
繼續走向錯誤的空虛和惆悵

第568首.忙的意義

有時候我很忙
忙得忘了人生的意義
有時侯我很閒
閒得忘了
還有許多還沒有完成的詩集
有人說忙得有意義
有人說忙得沒有時間
痛苦異常無比
其實忙是一種責任的付予
所謂能者多勞也是一種樂趣
忙的時候多想想快樂的付出
把它當作每天生活的活力

第569首.喜歡的承諾

（詩歌未譜曲）

曾經為承諾
許下天長地久
願意來承受
所有的要求
期待我們浪漫的邂逅
像初綻放的花朵

心動的時候
喜歡牽你的手

（繼續第 569 首. 喜歡的承諾）
在夕陽午後
走向幸福街頭
慢慢的陶醉在快樂中
願晚風吹來溫柔
讓此刻能為我們停留
讓此情能一生常相守
一股暖流頓時湧上心頭
讓真實情感流露

真心的擁有
喜歡的追求
讓美夢重頭
醒來不失落
珍惜我們現在忘了憂愁
走向希望的成就

第 570 首. 談話是容易的

談話是容易的
化成聲音簡單又明確
讓我們多談些
彼此喜歡和有趣的話題
就能讓雙方都產生好感
避免碰觸一些敏感問題
才能減少相互的尷尬
和緊張的場面

（繼續第 570 首. 談話是容易的）
讓談話像一場精彩的演說
使人聽得津津有味
欲罷不能
談話是輕鬆的
平常要多讀書充實知識
才能以豐富的閱歷
獨到的見解說出
道法自然的理由
向迷惑和空虛的朋友
傳送人生永恒的話題

談話是自然的
假如我們
人際關係處理不好
與別人找不到交集的時候
想遇到知音也很難
生活多不能快樂
人生則常有苦惱
時常懷著寂寞
在文字獄中束縛著心靈
鉗口結舌借古諷今
使談話有愧於心
為難的
不敢說出事實的真相
妄想著脫離事物的誘惑
所苦惱

（繼續第 570 首. 談話是容易的）
談話是有意義的
忌聽四面八方的謠言
不盲目的發洩和胡言亂語
才不會使我們
心存疑惑且猶豫不決
失去人生價值
和人格形象的標準
給別人留下粗俗的感受
只有誠心的領悟
不斷的修身養性
把口號化為積極的行動
才能言之有物
說出正確的人生之道

第 571 首. 一輩子的生活

一輩子的生活
計劃好快樂
隔著痛苦也要忍受
用心找心
看清和想懂為什麼而活

一輩子的幸福
調整好心情
雖然辛苦也要奮鬥
將心比心
努力維持簡單的心動

(繼續第 571 首. 一輩子的生活)
一輩子的成就
在意好追求
想多賺點就得累得比人多
想為名成就 就得犧牲點自我
奔赴一個個好場所
去為理想道德
宣傳人生快樂的理由

第 572 首 . 放下的快樂

放下的快樂
來自一種犧牲奉獻的付出
寧靜知足的心情
仍常牽掛著與世無爭的煩憂？
就像每天溫暖的陽光
受天氣左右
陰晴不定像起伏的人生
只有去承受

有時稀疏的光茫
灑落在冷清的束縛中
彷彿人生閃爍短暫的露水
隱約的陶醉蒼涼的輝煌中

我們往往不停的往下想
失去的常是不珍惜的疏忽

（繼續第 572 首. 放下的快樂）
得到的或許也是不知足的追求
所以缺憾的人生
就像完美的調色盤
把它調出美麗的色彩
留下精彩殘缺的改變

讓淡淡的心靈是一杯水
把人生這塊白色的畫布
留下自然的完美

第 573 首 . 選擇充實的人生

選擇充實的人生
讓生活自然和快樂
選擇計較得失的世界
只會壓抑了知足的進取？
如身陷洪水氾濫的危機
讓高漲的慾望決堤了
我們的初心
淹沒了走避不及的思緒
漂浮著難以掌控的意志
在飄泊不定的生涯裡
抵擋不住得失利害的洪流
沖毀了我們希望的島嶼

（繼續第 573 首. 選擇充實的人生）
處在利害得失的洪流中
它不斷沖刷出歷史的教訓
傷害了我們徬徨無助的生命
我們更不該去追逐這氾濫的洪流
要共同來尋找一片
更寬更廣的天地
溝通一切憂鬱和不滿的情緒
疏導出我們進退兩難的危機

把每一天當作新的起點
讓我們能在殘缺不全的
廢墟中滿足的站立
在理性的呼喊裡
少再計較得失的問題
期待更真誠明確的穩定
滿意綻放幸福的種子
在失落的土壤裡長出新綠
知足的挽回失落的信心
把包容的真愛停留在幸福的生活裡
讓樂觀進取改變了我們的失意

第 *574* 首 . 想念

我常常想念
一些人和一些往事
如同回頭追尋

（繼續第 574 首. 想念）
多少值得珍惜的天地
慢慢的消逝在孤獨的黑暗中
期待光明照耀的清晰
心情懷著對時間流逝的感慨
腦海裡浮現往日美好的甜蜜

每當想起曾經蹉跎的歲月
心中難免感嘆不已
只有留下傷痕的心田
與荒草蔓延的四季
繼續的前進
追尋一處感人的芬芳
播灑出下一個希望和美麗

在年少的時代
有放蕩的過去
無知的叛逆和驕傲的心理
讓多少人失望和傷心
是誰的寬容和諒解
溫暖的祝福和鼓勵
讓我走出自暴自棄
度過了人生中的不幸與艱困

懂事以後學會懺悔
也曾哭泣為了不如意
這樣多的挫折和過失
彷彿是對我的折磨和考驗

（繼續第 574 首. 想念）
是命運？還是運氣？
只有因果使我相信生命的奇蹟
所有努力仍充滿變數
只能盡力

最好的心已在自己
想念的過去帶來轉機
漫長的黑夜殘酷的夢魘
喚醒了我的無知
我聽見了溫柔的聲音
使我不再孤單
想念起所有
為我祝福的人
想念歲月中的甜蜜

第 575 首. 我常嚮往的生活

我常嚮往煙花那樣
美麗的生活
希望要求有如此的輝煌
就這樣一路的奔波
度過了歲月的青春
如今都已化作過眼雲煙
不堪回首的經歷
半生在風雨飄搖中
一切恍然如夢

（繼續第 575 首. 我常嚮往的生活）
就這樣的目光
轉瞬即逝的光彩
黑暗中多少人
為此付出足夠的代價
我嘗漫長的沉思
隨風走過歲月的山頭
發現細水長流的幸福
在向我招手
讓我願意相信自己的夢

我嘗遇生命中困苦的時候
在艱難和痛苦之中
只有選擇
踏實的向前走
保有希望和知足的心
才會發現
生活的陰影在消失中
做一些量力而為的事
先度過灰心的天空
等候原來燦爛的陽光

我嘗不止步於
那片荊棘的心痛
不屈從於失落的妥協
不敷衍於反覆的落空
讓安穩的生活是開朗的心情
讓人生所求

（繼續第 575 首. 我常嚮往的生活）
是積極主動的快樂
讓嚮往的生活
不再是遙不可及的要求

第 576 首. 反覆人生的美麗

人生如戲反覆著生活中
喜怒哀樂精彩變化的情節
生命無常輪迴著歲月裡
得失間難以掌控的劇情
把心情保持自然
反覆的努力堅持著不變的信心
就能提升了能力提升未來的穩定
也許反覆的生活
需在從容中才能獲得真實
我們無法選擇那種天生
就注定幸運的主角
我們只能學會
感恩父母
讓我們幸運的來到這世上
去認真的完成一些
人生賦予的使命

反覆的一生壯志豪情
任由我們盡情發揮
一輩子的幸福

（繼續第 576 首. 反覆人生的美麗）
卻不容我們孤注一擲
我們需要
以不同的目光去探索
起伏的人生
領悟了人生反覆輪迴的美意
隨著時間歲月轉變成良好的心態
反覆的接受自然和清新
承受起能與不能的認知
從今起做一個內心明朗
善良的人
保持好最美麗的穩定
就能擁有最輕鬆自然的活力

跟上前賢們的腳步
走出失落和歡喜間的迷失
了解為何失去的總多於擁有
因為我們想付出的
總少於心甘情願的捨得
為此吝於付出
所接收到的擁有只能短暫的停留
緊接著面臨失去的不安

反覆的人生
唯一的美麗
似乎只有謙卑的心
唯一的哀愁
是每多一天煩惱纏繞

（繼續第 576 首. 反覆人生的美麗）
便少一天的輕鬆自在
只有讓看不破的紅塵迷惘
減少在心情中糾纏
才能擁有反覆人生的美麗

第 577 首 . 我想

（詩歌未譜曲）

我想挑起甜蜜的負擔
輕鬆的走到你的身邊
共攜手擁有愛的溫暖
讓我們生活快樂平安

我想編織真愛的花環
看心花怒放香氣瀰漫
做你喜歡的自然美感
讓我們家園希望滿滿

我想歡唱為你來表演
深情凝望著你來相伴
讓我來守候你的浪漫
看晚風中星光的裝扮

多少年來你辛苦奉獻
為家庭幸福任勞任怨
把快樂生活呈在眼前
讓我們的愛不再孤單

第578首.效率與環保

效率是科學的根基？
沒有效率的科學
像壞了輪子的車
空有理論
不能實際的行動
效率像一台加速器
它讓「實際」快速的運轉
盡快的轉個不停

既然世界需要不斷進步
不停的創新還需不時的發明
那麼何不「有效率」的快一下
讓機器和電腦繼續地轉動不停

用有效率的綠色能源
鼓舞起「環保的力量」
為此商人
頂多也不過 少了些利潤
消費者少享受一點舒適
就能讓我們的空氣變好、汙染減少
即使因此慢了一點也不重要……

要知道我們早已算出了
汙染中的危害
如果比我們想像的更嚴重
苦痛是應該的

（繼續第 578 首. 效率與環保）
犧牲一點的不便只不過完成了
我們對地球的一點責任

不用想什麼世界末日
會有什麼後果？
山崩地裂海嘯
腳下的立足之地也成空
我們只知道：「天作孽猶可違，
自作孽不可活」
記著這點教訓
了解那無盡的奢求
終究會使大自然反撲
到時我們將永遠無法挽回
最後只有
拿生命去交換這慘痛的效率

我們知道總有一天
我們會
「有效率」的
把「環保」的科技做好
減少對地球的危害
這就是人類增加
對自己的福報

第 579 首 . 窗外

晨起默默坐在窗前
輕鬆的翻閱了希望的書籍
不久離開了依戀的文字
看著窗外生動的世界
想像路過的蜻蜓
活潑好動的心情
只停留了一會
又飛舞著瀟灑
慢慢遨遊在
期待的藍天中

窗外是新鮮的憧憬
有陽光明媚的心情
它開啟了幸福對外的窗口
思索著凝視的目標
等待漫長的驚喜

而伴著窗外
有我希望的笑臉
和朦朧的倩影
串連起嚮往的追求
此時一陣陣淡淡的思緒
紛紛的飄落
只有風摸透了我的心意

第580首.記取努力的過程

我們似乎忘了一些
辛苦努力的過程
只在乎算計著眼前的利益
渴求名利榮耀和幸福快樂的外表
讓虛榮和虛偽的身影在我們身邊圍繞

我們在生活中難免失意
人生也常遭遇
短暫失敗和挫折的考驗
此時會發現
缺少朋友協助的無奈
造成心裡雖有把握
而實際的勇氣不足
影響了正面的情緒
甚至因此一蹶不振

為此我們應常在
成功的經驗裡探索
防止紊亂中錯誤的誕生
加強對人生的希望
計劃出遠大的目標
如果我們不能下定決心
辛苦努力的付出以獲取成功
那麼就要先學會失敗的教訓

沒有操勞的一生
或許是平穩和平淡的

（繼續第 580 首. 記取努力的過程）
就像在平靜河流中
頻繁穿梭的船隻
也難免遇風浪而顛簸不定
生活中的坎坷磨難
有些是必然給予的磨練

如果我們只是單純的
想追求個人的
成就和幸福快樂
那永不屈服的剛強很容易達成
但如果我們希望爭取整體的勝利
就不能隱藏一切的錯誤
必須棄絕
所有的謊言
和一切不真誠的私心
以增進合作的推動

因為我們需要夥伴的協助
才能把困難一點一滴的克服
用耐心去鋪平人生的道路
排除腳下的荊棘
走出無路可走的前途
追求更偉大的理想

第581首.青春和夢想

美麗的青春無聲的
散發誘人的魅力
熱情的風吹拂著
多情和溫暖
讓心徜徉在歡喜的海洋
我自然心動的佇立窗前
不停的遙望我喜歡的浪漫
難掩心中痴情的迷惘
期待在生命裡
有一段真實的嚮往

多少的夢醒來是苦痛
然後起身
在不穩定中搖擺
試圖走出
黑暗中人生的凄涼
模糊中沒有太多的選擇
步履坦蕩
讓歡笑和憂傷
繼續往生命中發展
回想所失去的糾纏
是無法領悟的芬芳
只有跨出夢的邊緣
去尋找理性的現場

（繼續第 581 首. 青春和夢想）
青春的腳步曾無知的陶醉
誇張的夢想編織離奇的網
讓自己陷入了交困
隨著就在困惑中不安的彷徨
戲劇化的重覆憂傷
呼吸著被隔絕反覆的冷漠
愚昧的抱以盲目的快樂

只有相信人生
需經歷成熟才能穩定
青春和夢想
也要計劃才能周詳
而我將豁然開朗
自然的學會
用智慧領悟一切
一切的感受

第 582 首 . 喜歡夏季的活力

夏天「火」一般的太陽
像個烤爐
把大地烤得發燙
冒著騰騰熱氣
人們在熱烘烘的空氣中
一動就滿身冒汗
有些人們早已躲在

（繼續第 582 首. 喜歡夏季的活力）
冷氣房中享受著陣陣清涼
有些人把整個身子浸入泳池裡
只露出頭來在水面上透氣

夜晚涼爽的風迎面吹來
舒緩了盛夏煩躁的壓力
放飛心中的希望
找一些休閒的樂趣
用浪漫的靈感
去編織美麗的故事
去描繪人生的多彩
讓有趣的夏天唱出輕鬆的歌曲
陪我們在熱風、熱浪、熱情中
走過綠樹成蔭、花香鳥語
盡情奔放的點點滴滴

喜歡的夏天
夏蟲在忘情的唱歌
鳥兒們一起快樂的高飛
人們在端午龍舟划出夢想的順利
有情人相約在七夕
等待情深流傳的
感人戲曲
夜空中閃亮的流星
它劃過天際
在耀眼的瞬間 帶來神祕的美麗
像燦爛的人生中短暫的輝煌事蹟

（繼續第 582 首. 喜歡夏季的活力）
讓理智像太陽
是恆久的、不變的
讓人生需要的光明
是持續的
沒有人可以永遠在黑暗中
沒有愛的溫暖
讓夢想像閃亮的星星
照亮了幸福方向
讓我們可以把每天的
努力和心思投入

然而我們都會慢慢老去
為了每天的生活
在四季裡接受冷暖的考驗
為各自的理想
走過無數的風風雨雨
喜歡夏季的太陽
「祂」用光明普照著大地
像一個大火球燃燒著自己
用盡一生的光和熱
按自己的軌道而運行
把最強的光茫
綻放在人生的夏季

無論「祂」是有多麼的辛苦
都不停止運行
無怨無悔堅持下去

（繼續第 582 首. 喜歡夏季的活力）
直到生命的盡頭
值得我們用一生來學習
讓我們喜歡夏季的活力
用發光發熱的積極
犧牲奉獻的來努力

第 583 首 . 詩評

您常寫的
多半是一些正面的題材
只是少了些詩情畫意
您對人生有多方面的領悟
重覆著迷惑人生的主題
而且應該讓讀者
了解您大同小異的用心

您寫的詩
倒能給人一些鼓勵
例如人生之道……
只是生活方面的詩文
少了文詞的美麗
這樣的作品不能算突出

您寫的是真實的人生
有點忠言逆耳
有點乏味

（繼續第 583 首. 詩評）
您寫的幸福生活
是希望的勇氣

總之我對詩的見解
喜歡勇於創新
喜歡描速
人生的無奈和美麗
您的作品
解釋了人生部分的疑惑
又提出某一些負面的傷害
這在我看來
並不全面的把
詩的意境全部發揮

您寫的意境
我並不能完全領悟
詩情畫意的園地
可能有世外桃園的美麗
可是您只有平淡無奇的色彩
我們希望您的作品
是多彩多姿
您的用心能再多創新
為人生和生活再創佳績

第584首.我的情緣

喜歡看你靜靜的
飲著一杯熱茶
在茶香繚繞
清風吹拂中
慢慢品嚐出
人生苦盡甘來的真諦
疲累中你沉默不語
多少次在你園門
開啟美麗的訴求
留下的只是我失落的飄零

讓我倆以浪漫的心情
去看一朵綻放的玫瑰
在充滿生機活力的花園中
用激情去燃燒青春的熱火
可是只有很短一瞬的美好
然後在多情和多變的季節裡
卻讓過熱的情感
流露出生活的苦澀

終於找到了
我倆都喜歡的明媚
有一些活潑而輕快的心情
難以言喻的自在灑脫
然後讓
漫長的人生樂趣

（繼續第 584 首. 我的情緣）
也在跳動活力的音符中
成為最美的情緣
和那等待已久的邂逅
而此刻希望
像一曲柔情
為我們譜出
一生相隨的溫柔

第 585 首 . 五月遐想

五月飄香好溫馨，孝順父母為愛忙
心思優美懷詩意，文人遐想吐芬芳

五月歡度勞動日，微風漫步百花香
遊子遠遊思故里，歸心似箭心茫茫

五月黃昏罩朦朧，風吹雲散忘憂愁
星星閃耀月清澈，照亮我心已斑駁

五月忙碌工作中，加班出差時常有
昔日愉悅好心情，今有壓力和憂愁

五月帶來好時運，送走憂傷和煩憂
願能如意心開放，浪漫美滿天天遊

第 586 首 . 金錢（二）

賺錢有人辛苦，有人輕鬆；有人出賣勞力，有人靠智慧。不論什麼方法，只要不犯法，對得起天地良心，就是君子愛財取之有道。

辛苦的賺錢，不用像守財奴；當用則用，當省則省。也不用跟錢過不去，為生活所難；才能在父母年老時，可以有能力照顧，在孩子成長時，不會經濟拮据，讓生活困難。

常有人問我：「如果沒錢，要用什麼支撐、發展和維護我們的家；以及如何維持生活的秩序，營造家的舒適和溫暖」

我覺得在現實忙碌的生活中，只有堅強、獨立才是正確的方向。我們不能逃避，要多維持身體、心裡的健康；要勤勞不怕苦，不怕累，也不要偷懶，因為你需要錢花，你要照顧父母，妻兒子女。

或許你有情緒低落的時候，你可以聽一些動人的歌曲，靜靜的把淚擦乾；然後微笑的告訴自己，你的人生是一種美麗的負擔。你沒有理由不承擔，只有前進的來拼經濟；努力的在烈陽下和風雨中走出一片屬於你自己的天地，靠自己的雙手為人生創造一個夢想。

你要感謝所有幫過你的人。想想如果沒有他們，在你困苦的時候；鼓勵你支持你，甚至信任的把錢借給你，助你一臂之力，你會怎麼過？

他們幫助你時，只有一個念頭，希望你能度過難關。

還有些人害怕把錢借出去，他們會考慮一下，因為把錢要回來很難；怕傷了感情，只願出力，而不太想出錢。他們常想像成把錢借出時是恩人，若要收回時就會變成仇人。

（繼續第 586 首. 金錢（二））

所以肯借錢給你的一定是你的恩人，這樣的人不多，我們千萬別傷他們的心。有借有還再借不難，要好好的珍惜這分情感。

人生在世朋友貴不在多，所領悟的也不在高，有心則靈。若能風雨同行，友情也不在乎時間的長短，重在患難見真情。

當我們有錢時要多行善助人，因為賺錢的目的不是拿來享受和炫耀的。要把錢的意義發揮出來，讓需要幫的助的人，得到最大的用處。而不是拼命守著，死了也不能帶走，只怕留給子孫互相來爭奪，而失去了金錢的意義。

我們不能為了賺錢，壞了身體，賺錢的目的，只是短暫人生的一個過程，並非手段。它不能取代任何幸福，也買不回失去的健康，只要錢夠花，就要知足。

第 587 首 . 好夢

（詩歌未譜曲）

好夢不常來
今夜且讓我們來築夢
回憶那些曾經的美夢
心想挽回過去的種種

好運也不常來
轉眼是非成敗已成空
只有撥開了重重雲霧
認清好方向把路開通

（繼續第 587 首. 好夢）
為此奮鬥任重道遠
毅力堅強揮灑一生
我堅信凡事物極必反
只要有努力就能成功

自此好事來入夢
一夜好眠心放鬆
歡喜歲月難留好夢匆匆
今夜夢裡夢外都心痛

第 588 首. 正面和負面的思考

我們常以正面的思想
來處理人生全面的問題
其實用正面和負面的思考
一起來解決合理的懷疑
反而容易看清
想像和事實的差距
以輕鬆的方法激勵了行動
進而達成夢想的目標

用樂觀的智慧
解決負面的影響
我們不僅要克服
前路的艱難險阻
也要熟悉的應對
後面遺留的變化異常

（繼續第 588 首. 正面和負面的思考）
接著努力開拓
有計劃的新世界
給活力的青春
一個成長的轉捩點
讓我們改變奢靡
浪費的習慣
把身體、心理造成的
負面情緒降低
讓妄想的慾望適可而止
就能滿懷信心的充滿希望
我們不宜
因一時的失落而沮喪
要堅強的生活於其中
做自己喜歡的真才實學
調整正面和負面的思考
排除 好高騖遠的傾像
切合實際的用心來追求
讓理想來實現好景常伴

第 589 首. 找尋生命的喜悅

我一直在找尋
生命中真正的喜悅
在崇高理想的目標前
讓唯一的美麗在
希望中追尋

（繼續第 589 首. 找尋生命的喜悅）
發現了預想不到的
可能狀況
出現了埋伏的危機
終於在可怕的夢魘中
摸索出自己不幸的腳步
但不因荊棘坎坷而後退
忍痛的撫慰著傷痕
直到最後排除一些
不符實際的問題

生命是一股喜悅和希望
祂永遠圍繞著哀愁與美麗
讓時間消散缺憾
和不幸的交纏
改變自己縱容的狂傲
和自私的心理
不一味地追逐
一生的風光

縱然經歷
起伏不定的沉重
曲折不安的艱辛
也不會抱怨這天空的光彩
走出沮喪疲倦的黑暗中
期待一個
新的黎明使自己快樂

第 590 首.给孩子自由的夢

你把年輕的夢
徜徉在開放的天空
放膽的嚐試
像學踩著單車
你哼著小曲朝我們的侷限
勇敢的去突破
在兩輪之間學會了快樂無憂

你的笑容那麼地天真自在
讓生命跳脫了
被我們壓抑的期待
在一次次的現實的壓力下
你謹慎的免於受挫

你的笑聲自信不做作
你的字典裡查不到失落
面對未知的前方
嚮往的世界裡
願意像一團熱火
隨著期待和憧憬不停的燒
讓最初的夢想
一次次地去面對挑戰

只有
有勇氣的人
才能永遠凝視著目標

（繼續第 590 首. 給孩子自由的夢）
你的夢想
雖然有失敗但也會有成功
你的堅強
有難過的淚水
也少不了滿意的笑容
在失落中
或許才是你成長的時侯
讓憂傷和煩惱一笑而過
努力來化解
增添你希望的光彩
活躍的你只得
再想像些自信的成熟

第 591 首. 一樣的心情

一樣的心情一樣的明媚陽光
一樣的青山綠水一樣的期待
遊遍大好江山
可是工作還太忙除了生病
沒有太多的時間閒蕩
這那是男兒的志在四方
那裡有希望就該到那裡闖蕩
對呀可是
這裡還有我希望的發揮空間
我得付出一番心血去鑄成
明日的輝煌

（繼續第 591 首. 一樣的心情）
我同時也得培養一些
忍受壓力和痛苦的習慣

眼看生活的擔子像是在爬一座山的艱難
可是走了很久還沒過也很茫然
但它一直無聲的鞭策著我前進
只有沉重的包袱輕鬆的陪我
走過希望
用陽光的心靈的當作充實生活的象徵
不讓心情再負荷焦慮和煩惱
順其自然的樂觀來面對人生
使思路敏捷工作也更順暢
於是障礙就輕易的被排除
冷靜中我已適應了也自在了環境

在飄過來的芬芳中
呼吸著一點幸福的空氣
讓自已微笑的忘卻現在的緊張
以免生活和工作的安排又不順暢
讓我每天都能充滿活力以完成
時間換取空間的希望
讓人生仍然在
光明和希望的四季中飄香
用心的我
只有等待的走出責任的繁忙

第 592 首 . 我的生活

我愛在
溫暖太陽升起後
忙碌的生活中
迎接希望的到來
開心的
把喜歡的工作盡心完成
這麼快
才過不久便又熱又疲累的
只好靜靜的想像自然的涼爽
以一杯清涼來
滋潤內心的花朵
讓身體度過嚴酷的暑熱

我愛在
美麗的夕陽午後
休息的生活中
迎接浪漫的到來
獨自凝望夢想的天空
看著路旁清涼的河水
不停的奔流
期待著什麼
只是心中的乾涸
想讓思緒也活潑度過
這生命的曲折

（繼續第 592 首. 我的生活）
我愛在
夜晚的星空
孤獨的面對溫柔的晚風
和三兩本乏味的書本
聊出共同的話語
聽蟲鳴蛙叫訴說不眠的理由
讓心情冷却在熱烈的躁動中
想像人生也不過如流星的閃爍
光輝的留下喜歡的快樂

第 593 首. 你成熟的青春

你成熟的青春
揮灑出
一片天空的燦爛
迎著你渴望的
陽光笑容
他為你煥發出智慧的光茫
在浪漫的追求中
跳躍著可愛的音符
彈奏出纏綿的情意

你期待的可愛太陽
他帶著熱情的溫度
釋放對你的情感
你卻讓心中的烏雲無情的

（繼續第 593 首. 你成熟的青春）
遮住了他的希望
讓他走去時還帶著不捨
他並不想把你
遺留在黑暗的地方
去度過黑夜的漫長

然而你對他真誠的
溫暖和光明
只有失落的回憶著
那可愛的青春
剎那的黑暗是
你一生的遺憾

從此你心慌意亂
的看著前方
送走了你浪漫的青春
回頭來自憐的欣賞
你曾經動人的花朵
和你不想飄落的夢想

第 594 首 . 童年

空虛的我
不知在那飄渺神秘的
宇宙之間流浪了多久
終於找到了

（繼續第 594 首. 童年）
自己生命的奇蹟
在父母愛的「因緣造化」下
我來到了
人間快樂的天地
彷彿從沉睡的夢中驚醒
在無中生有中哭泣
伴隨著燦爛的晨曦
照亮了我無知的誕生
茫茫中我無助的手
渴望著去靠近母親的溫柔

接著繼續承受父母的愛
在成長的歲月中
搖晃出生命的精彩
永遠是父母的關懷
鎖著我的天空
在活潑好動的童年中
可愛的模樣和調皮的舉動
常帶給父母欣慰的笑容

不斷成長伴隨
停不了的遊戲和
一些耽誤的學習
對我來說
沒有什麼是抓不住的樂趣
也沒有什麼是做不完的習題
跌倒時勇敢的哭泣

（繼續第 594 首. 童年）
犯錯時耐心的改變自己
只是童年的歡喜
直想衝出父母的圍籬
此時母親蜜的走過來
伸出愛的雙手
將我抱在懷裡
慈祥的笑容帶著幸福的溫馨
安心守住我叛逆的心理

第 595 首. 我寫詩（二）

夜裡的牆面已一片空白
掛在牆上的時鐘也長短相依
重疊在那時間的問題
我仍希望在時光中
寫點什麼人生的遭遇
還有一些或長或短的詩句
像我握筆的人生、十指長短不一
我執著的心
在忽高忽低中上下起伏不定
在沒有靈感的空虛中
已不在乎時間的長短的問題

早上起來有位好友傳了 MSN 給我
我給他的回覆：

（繼續第 595 首. 我寫詩（二））
早安「某某」好友你好，謝謝你那麼有心的傳了一首歌給我，就讓我當你的知音。其實你不懂我的心，每當你說我詩寫太長，每說一次我便心痛一次。就好像，人生的長度，有的人精彩而短暫，像曇花一現，卻令人可惜。有的人雖漫長一生，平淡無奇，但卻耐人尋味。人不可能只有片面的幸福短暫的光輝，一時的甜言蜜言，又怎比得上浪漫的一生相隨。希望我們的友誼，是長長久久，的君子之交 用中庸之道，平淡的過全面的人生。情長紙短訴不盡全面的周詳，又何訪一笑置之的看待，一時得失起落和爭執？

第 596 首. 看你裝扮的美麗

看你裝扮得像
一朵鮮花的嬌豔
從此綻開了你
美麗的笑臉
我想你正要拋棄你已
失落的過去和現在的不如意
把自己打扮成一幅
堅強和自信的真實容貌
去面對人生的進取
再也不讓人誤解你背後
隱藏的天真和善良

你也已記取
過去和現在最好的教訓

（繼續第 596 首. 看你裝扮的美麗）
並希望從
內外在的領悟開始轉變
將苦難克服實現知足的幸福
把自己裝扮成一種
浪漫而獨立的動人模樣
然後選擇專一的愛
脫離為情所困的糾纏
為人生的希望和理想
競競業業的來努力
並樂此不疲

美麗或許
可以使你的紅顏
博得渴望的喝彩
也可以使你
飄蕩在快樂的春天
彷彿「情人眼裡出的西施」
就是眼前的你
但你會悄然的
為了此刻的專情
和唯美的花朵
再一次冷靜的裝扮出
自己的浪漫
來贏得你值得
珍惜和托付的歸宿

第597首．了解失眠的困擾

我的好友常睡不著
我知道他有
溫柔的黑夜和舒適的床
伴隨美麗的遐想
也吸引不了他
增加絲毫的睡意

他怎麼睡！
據專家的研究報告：
「成人每晚最佳的睡眠時間，約為6～7小時。」、「而最理想的睡眠時段，約在晚上10點以後，盡量不超過午夜12點為佳，讓最好的熟睡，使身體有適當的休息時間，來修補生理系統的耗損。」
而他現在
躺在床上輾轉反側
也放不下內心的不安
心想改善失眠的困擾
平時他只有多去了解
自己是屬於那種失眠的症狀
才能用有效的方法來解決
睡不著的困擾

或許睡不著的原因
有可能不是失眠
他應該在平常減少
咖啡和濃茶的數量

（繼續第 597 首. 了解失眠的困擾）
和避免睡前的劇烈運動
還有其他的原因可能是：
身體受某種疾病的影響
例如疼痛、關節炎、腰酸背痛……
以及生活作息的不正常
影響了生理時鐘的運作
引起的失眠

平常只有先放鬆心情的來思考
和做一些睡眠品質的記錄
了解自己睡眠的充足與否
和有無熟睡的狀況
從中觀察和分析來找出原因
並請教醫師且在必要時
做進一步的全身檢查
才能得到完整的參考
和接受正確的治療

因為想治好失眠
就要配合的做治療
並要求自己做睡眠記錄和報告
才能了解和改善症狀
使自己更健康更有活力
瞧以前！他每每等到真要睡著了
也無法感受到真正的熟睡
常常一天只有
兩、三個小時的睡眠

（繼續第 597 首. 了解失眠的困擾）
似乎有點太少且增加了疲倦的困擾
和影響健康的風險

第 598 首．喜歡的到來

（詩歌未譜曲）

迎接著你的到來
帶我走出寂寞圍籬
永遠猜不透你的心裡
讓我再次暗示我情誼

你真誠 屢獲人心
以禮相待擁抱盛情
用心計劃做事認真
態度誠懇

讓我們
為愛來感恩
真情愛世人
盡孝常回家們
用心來愛堅持幸福的追尋

如果你無意間發現難
讓我們求幸福沒進展
就應該用行動來表現
承認喜歡也不算太晚

（繼續第 598 首. 喜歡的到來）

如果我有喜歡你臉蛋
讓我們的幸福有進展
就應該用行動來表現
承認喜歡你不算太晚

第 599 首 . 如果愛情

（詩歌未譜曲）

如果讓愛在空氣裡
我會深情的來呼吸
把你那迷人的香氣
吸入自己的身體裡

如果讓愛在美夢裡
閉上眼我會來記起
看情人花開的美麗
忍不住我心裡孤寂

如果讓我們在一起
發現了幸福要珍惜
就算停留在我心底
我依然會把你想起

如果愛情是場遊戲
就算我不說我愛你
你也想讓彼此不分離
依然想為對方死心塌地

第600首.他走出黑暗的日子

他從黑暗中走了出來
為了他嚮往的溫暖和光明
而幸運的是~失落的日子
過得也還不算艱難
當他現學現賣的打造自己的人生
發現那些偏見和無知的歧視
在他的天空中遮住了短暫的光茫
並時時刻刻提醒他 有迷霧的昏暗

在各種努下~累積的經驗中
只是為了彌補他自己的缺陷
讓那貪婪的野獸~有所收斂
從此之後不在招搖甚至改而從善

在單獨時他不再徬徨
讓流徜著時間的感傷
在那裡獲得希望的陪伴
但他帶來的種種困難和疑問
在人生中接受了無情的考驗
有誰知道何時有暖風的吹拂
滿城熱情的來送溫暖
殘酷的天氣伴著冷漠的人心
使他心寒和失望
他只有用誠心的懺悔和祈求
用希望的陽光
來換取朋友們真心的幫忙

第 601 首 .他不幸的愛

我帶著淡淡的微笑看著他，那飽經風霜的臉上，露出幸福的笑容，神情有點茫然。

他過著老年冷漠的生活，明白自己內心，曾受過的傷害。
他回想年少時不幸的愛，安詳的講起他失落的青春。
他開始說了：
「很久以前我年輕的時候，在那隔壁的村莊，住著我喜歡的女孩。她年輕，美麗，有如春天的花朵。她的歌喉如夜鶯鳴囀的美妙，歌聲觸動了我的心弦。她常會唱歌給我聽。
我們時常見面，一起把心事翻閱，把甜蜜的溫柔放飛，訴說相思的寂寞。我們也常騎著單車，慢慢的越過人生的障礙；騎過了美麗的小橋，安全的騎入了通暢的道路。
可是那女孩對我好像沒特別的好感。 她常故意讓我等，有時從早等到晚。我常甘願的等待，等到夜晚的星星都出來為我祝福。在相約的公園裡花前月下，我只有不安地徘徊；激動的心裡，裝滿了熱情和期待的愛。
早晨清新的公園正盛開著誘人的玫瑰。她常去公園裡，散步和運動，欣賞美麗的花朵，呼吸新鮮的空氣；心動時她也會情不自禁的摘下了一朵鮮花。
可是每當我發現時，她總會把它藏在外套的口袋裡。我知道她喜歡花，只是公園的花，是不能隨意摘折的；我便說了她幾句，她以為我不尊重她，影響了她的心情，以後便與我漸行漸遠，慢慢淡了緣分。」

第 602 首 . 加好友的用意

有許多想加我好友，的陌生朋友們你們好。我不知道你們加我的好友的用意？是為 了讓朋友變多了，而感到自豪？還是有什麼需要？需要我能成為你們的朋友。
其實人的一生時間不多 除了 家人和親戚，只有朋友是你們人生的幫手。而朋友也是良師益友，他可能是你的老師或同學或同事或志趣相投向的伙伴。
或許在有限的生命過程中，我們和朋友在一起的時間也不是很多。就算有數千或數萬甚至千萬的好友，你也只能以有限的時間去找尋或跟比較投緣的朋友在一起。而也要等到對方有時間才可以跟你互動。
所以家人和親戚佔了你大半的時間，而有緣的朋友也佔了多數，獨處也佔去了一部分的時候。工作事業的朋友又是一部分，社交的朋友只能在你有空時，才能去互動。
這樣的時間有限，加那麼多好友怎麼互動？或許你還在大量的選擇，想從中找出適合。也或許你朋友不多，想為自己增加一些有幫助的好朋友。

交友是件好事，它能使人生有機會成功，也能增添人生的色彩，所以只要有時間互動，就多和善良正直的朋友在一起。我平常很忙，沒有太多時間。所以我不敢加太多好友，怕耽誤了好友。

第 603 首 . 想念的人

（詩歌未譜曲）

想念的人想念的你
一輩子也不會忘記

（繼續第 603 首. 想念的人）
儘管你一再的逃避
日子苦也要在一起

心愛的人心愛的你
你怎能輕易的放棄
忍一時風波會遠離
失去你我心痛哭泣

負心的人負心的你
我不需你送我東西
若你不再和人相比
又怎會無知的懷疑

迷失的人迷失中的你
我要用一輩子來找你
天涯海角四處去尋覓
只為要找回最愛的你

陪我再過曾經的熟悉

第 604 首 . 我看見一群老人

我看見一群老人
他們在公園裡的
涼亭中下棋和聊天
有些則在散步或運動

（繼續第 604 首. 我看見一群老人）
有些在跳著健康操
他們個個神清氣爽
外表精神煥發
讓我彷彿置身於
長壽的樂園
看著他們半白的頭髮
從容自在的穿過一生
唯一不變的是
他們臉上慈祥的笑容
我掩不住流露出
內心的欣慰
藏不了對那皺紋的迷茫

他們帶著
不服輸的堅強與智慧
盼望在這個塵世
找到屬於自己的光環
不想再錯過
曾經搖曳的綻放
或者失去晚景的夕陽

孤獨寂寞
不只是指一般的老人
我常伴著西斜的夕陽
在微風中哼著歌唱
想像一生的輝煌就此過去
像是沒有了明天的憂傷

（繼續第 604 首. 我看見一群老人）
偶而有機會
我也希望學著
去關懷他們的感傷
但我不能理解他們
更深一層的苦難
這或許是
他們的美麗與哀愁
是他們最放不下的負擔

沉默的夜筆
畫出一條黑漆漆的小巷
只見老人的白髮更為明顯
從巷口處往裡望
只有無情的冷風
吹落葉的枯
卻不曾再聽到
那收音機裡傳來的微弱輕嘆
老人們有時也會
對著暗淡的月光
默默的想
想著如何度過黑夜中
晚景的淒涼

第 605 首. 她心動的花朵

我的好友
他老是愛欣賞美麗的花朵

（繼續第 605 首. 她心動的花朵）
常追尋自己的美夢
他住在四季如春的寶島
那兒有放眼望去
看不完的花開花落

有粉紅色的桃花
雪白色的梨花和嬌豔的玫瑰
看那花兒不斷的在風中搖擺
他笑盈盈的伴著風的旋律
輕快的飛舞
雨珠兒也跟在他的身後
跳躍著快樂動人的音符
和熱情的大地一起
合唱著歡樂的歌
讓他沉醉在美麗的
四季花海裡 樂在其中

他喜歡用花
裝飾著自己的美夢
編織完美的幸福花環
用天真活潑的清純
帶著動人的微笑
走在鳥語花香的小徑
步閥輕盈而優美
令自己徜徉在一片花香中
優遊自在
彷彿在他臉上綻開了

（繼續第 605 首. 她心動的花朵）
一朵動人的花朵
美麗的紅顏 嬌媚的身姿
讓他的生活 處處是感動

第 606 首 . 領悟的旅遊

乾淨的車窗看穿了美景的清淅
也看透了凡俗塵世的紛紛擾擾
愛的光茫照耀在美麗山林的入口
折射出另一種虛實的反光
提醒了我們用心的探索
避免在旅遊假期的路上
大意的疏失和一些無心的遺漏
造成一時 閒雅興致的低落

如果在山和水之間
領悟了靜和動的智慧
動靜相宜
讓單調平淡的生活
也描繪出精彩動人的顏色
就能創造最美的幸福圖案

在青山和綠水間遊走
安全輕鬆越過山水的障礙
欣賞自然和真實的景色
走出內心的陰影

（繼續第 606 首. 領悟的旅遊）
光亮了生活的暗淡
為了一步步順利的生活
啊多麼美妙輕快的節奏
多麼樂趣的旅遊

第 607 首. 我的好友

在遠去的模糊中
只有你的笑容越來越清晰
在這場風雨裡有你陪我
一起經歷無情的打擊
共渡了危難的關頭
抗災自救的重建了美麗的家園
並奮力拚搏的翻修著幸福的房屋
從大量的汙泥中
清走我們永遠的惡夢

你是我真正的好友
可以讓我推心置腹的表明我的立場
即使在無意中出言不遜
你也不會立刻的來翻臉

平時我們能真誠的相處來互動
聊天時也是放開束縛的無所不談
當意見不同時也還能冷靜的來思索
使彼此沒有心理的隔閡進而相談甚歡

（繼續第 607 首. 我的好友）
你不在意我們身份地位的懸殊
常出錢出力的為我解決燃眉之急
且不計一切的利害與得失
為了幫我完成一個美夢

在我成功得意時
你不會虛偽的來阿諛奉承
當我失落時
你就像和風細雨一樣的輕柔
吹走我的煩憂、吹開我的迷惑
在我心情低落時
願幫我吹落枝頭一片傷心的落寞
並真心為我吹來心花朵朵的喜悅
讓我們綻放出友情完美的成熟

第 608 首 . 用圖的意義

若有不喜歡，我用你們的美圖的好友，請你不要傳美圖給我。因為你傳給了我，就是與大眾分享的意思。除非你有先說明，不能分享。但在我用來貼文之後，再來警告我不能用，那是什麼道理？
我用圖只是用來貼文，使我的文章能共分享~我對人生正面道理的看法，沒做其他有損道德之事，希望大家明理。

第609首.他的日子（一）

他的日子總算熬出頭
放開了自己情緒的波動
快活的心情也已不遠了

只要他肯遠離
被寒風吹散的愁雲
欣然的接受陽光的善意
且不畏環境的艱難
堅持上進的決心和意願
並保持心態平衡和正確的思維
就沒有疑雲滿腹的困惑。

瀰漫的雲霧遮去
可見的藍天
擋住了他晴朗和精彩的視野
讓他得不到快樂飛翔的自由
感受不出順利的喜悅
他只有隨著智慧的光茫
灑出的方向
才能飛出幸福的完整

許多時候他都想過著
平平淡淡的生活
可他又不甘於平常的乏味
苦惱的心情也埋怨了我
他不甘寂寞的無奈奔波

（繼續第 609 首. 他的日子（一））
帶著不安的揣測怱忙上路
明知會錯過了知足的淡泊
還是不想勇敢的回頭
去過平淡充容自在的人生
造成他短暫的信心
一次次的滑落

第 610 首 . 他的日子（二）

他烏雲未散的日子　前途一片的黯淡
而失業的恐慌　幾乎把他逼進絕境
打開心靈之窗　讓一陣清新的風進來
反轉生活的羈絆
使自己精神舒暢　吹走現在的煩悶
也讓平靜的心裡　泛起點點的波瀾

等待的風等待的希望
吹散了他的愁雲
使他欣然接受明月的祝福
光彩的照耀他的前途

有時這惱人的寂靜
在他苦悶的孤獨之中徘徊
使他輾轉難眠
變成他黯淡無光的生活圖案

（繼續第 610 首. 他的日子（二））
雖無人安慰他的痛楚
他也只有希望
用陌生的夢 帶來幸運的安慰
誰能了解他的心情
在他的悲傷與失落之間
他只有選擇了離開
是非與黑暗

第 611 首 . 情債單純的愛

（詩歌未譜曲）

我唱出心裡的話
把聲音化為感慨
讓愛明白了無奈
今生為你償情債

第 612 首 . 新情債完整的愛

（詩歌未譜曲）

我已唱出心裡的愛
讓好歌聲化解感慨
請你明白我的無奈
今生為你來償情債

（繼續第 612 首. 新情債完整的愛）
不想你為愛沉迷想不開
折磨你痴情有誰來關懷
好情緣美滿幸福靠實在
有情人終成眷屬笑開懷

人生美好短短數十載
今生有緣相遇為還債
情債難還誰也躲不開
為了情緣真心付出來

真心期待好花為情開
良辰美景中談情說愛
感謝天賜良緣的情愛
共渡千劫萬難為情來
伴你一生幸福永相愛

第 613 首. 好了別想那麼多

我說這漫長的泥濘路上
當然笑多於哭
過多的艱難和挫折
你只有守著自己的初心
下功夫的努力
一路風雨無阻的挺進
披荊斬棘的苦中作樂
那個難得的機會

（繼續第 613 首. 好了別想那麼多）
就會出現在眼前
也才能平安到達理想的目的

好了，先別多想那麼多
只要堅持一切，船到橋頭自然直
只要勇敢的面對，天也無絕人之路
放開妄想和投機的束縛和羈絆
退一步才能海闊天空

你會發現快樂如此簡單
道路也無比順暢了
終於接近了你想要的綻放
敞開出你最美的心態
芳香你迷人的芬芳
讓成熟的人生滿載知足的收穫
滿足自己也幫助他人
進而關愛這世界

第 614 首 . 我筆中的完美

有誰了解
我在書房裡寂寞的苦悶
獨自面對那文字的淒涼
那些生硬的字眼
正悄悄的與我對抗
那些媚世的美言好語
也像在我身旁蠢蠢欲動

（繼續第 614 首. 我筆中的完美）
假如以一字換一壺茶的時光
我願用我一生的漫長
換取那一發不可收拾的文海波濤
在文章裡沉浮出我的希望

假如我只有一時短暫的靈感
我願把愛情訴說成一生的浪漫
想像成夢中美麗的輝煌
不忍情人的眼淚
在我的純潔的紙上
滴下傷心的失望
成為筆中的劊子手
可嘆

第 615 首 . 你希望的太陽

你要朝著
幸福陽光的方向
開心的走下去
只要你不回頭
就看不到你背後的陰影

熱烈的太陽
為你付出了熱情
讓你的青春也活力四射
他用最大的熱誠對待你

（繼續第 615 首. 你希望的太陽）
把你帶進愛的世界
讓你迅速的茁壯成長

你看不清我
滿懷的喜悅
和善良的太陽
距離模糊了
往日迷人的風采
時間淡忘了
曾經的歡聲笑語
眼前的霧霾遮住了
對我的凝望
我的嚮往曾是你一生
最美好的希望
是我的不見了
對你的溫柔
讓你的心
思念起我的明亮

世界是那麼的寬廣
你已學會
如何維持我們的幸福
也只有感恩面對
這希望的陽光
才能了解
和知足相處的幸福
在生命中看到了你
智慧的陽光

(繼續第 615 首. 你希望的太陽)
等日子久了你就會明白
朝向永恒光輝的美妙
在明亮中朝著夢想前進
攜手在這愛的世界
欣賞那自然的風光

第 616 首 . 工人

昏暗的天空飄來
沉重的雲
壓彎了生活的空氣

彎著的腰想挺起身來
看牆上的鐘
只聽它滴答滴答
仍然不眠不休的前進

突然亮起的路燈
照亮了想回家的路上
卻接到加班的通知
混亂的心情仍為低薪所苦

把想家的心情寄掛在窗外的樹梢
樹梢也被壓彎了
它像在提醒我：減輕壓力
並誇張的比手畫腳

（繼續第616首.工人）
任由嚴峻的風在它身旁
恣意的旁穿梭也面不改色

於是有人提醒我：這樣的工作
每個地方都有人抱怨
就在此時冷酷的~風~溜走了，
殘留的精力還在為
無奈的空氣搖頭嘆息

我想起工作中
我只是個無名英雄
就叫委外契約工吧！
那是短期的臨時工
在這個工廠
只是一個無名的小卒

壓力的弓在彎曲
準備用力的射出
該命中的目標
讓每一次準備的人
都繃緊著自個兒的神經
預測著每天要達成的工作

或許我已經無法射中什麼了
於是工作的效率低落
帶著失落的悲哀
再累積了

（繼續第 616 首. 工人）

每天做不完的工作
蜷縮在這塊昏暗的時空
就得加入那挑燈夜戰的工作
掉落日覆一日的循環旋渦
處在這盲目的生活中
我想再度拉開
自個兒的弓
用力的再射中自己的美夢

第 617 首 . 美好的人生

為了那美好的人生
始終堅持自己的理想
過著充實的生活
守住那美麗而溫馨的家庭

常在溫馨與浪漫的氣氛中
傳達美好生活的訊息
傾訴內心的細語
就輕輕的訴說
說出了希望的話題
輕鬆自在的暢所欲言
和無拘束的談笑風聲

常不遠千里的跋涉
去追求屬於青春的幸福指標

（繼續第 617 首. 美好的人生）
時刻的努力於事業和家庭
不醉心於路邊野花綻放的芬芳
不迷戀兩旁芳草
潛藏在土地裡淺淺的情意
不著迷於嬌豔玫瑰熱情的誘惑
讓清醒的陽光飄灑出朝氣蓬勃的光輝
停留在屬於全家美好的幸福園地

為了那美好的人生
我不能再藉口浪費的奢求
只希望過著充實而自在的日子
但也期待這不是匆匆短暫的光陰
只願這瞬間能帶來長久和美麗的喜悅

第 618 首. 逍遥遊

（詩歌未譜曲）

看花雖美 若藏於深山 顧影自憐
好水靈活 經山岩斷層 入口甘甜
美景迷人 逍遙自在遊 天地之間
恣意揮灑 盡情於山水 活力再現
夢為你追尋 忽近又忽遠 變化萬千
領悟一念間 似遊戲人間 轉眼不見

第619首.窗的思念

窗外紛飛的細雨
飄下~我想你的瞬間
在鏡前看著空虛的自己
遠去的蝶兒
紛飛舞著情人的美麗
聽著一曲
被雨水打濕的未了情
緩緩落下想念的思緒

風雨吹不完我心
像落葉的哀淒
身邊的花草
為我關心的搖曳
天真的陪我往
快樂的方向生長

浪漫的你從鏡中出來
在快樂中停留了很久
自憐的不受任何干擾
心中閃爍著的光芒
流露對我心愁的敏銳
橫空劃破我冷清的空白

窗內、窗外
在這一剎那
忽成了痴情的靜寂

第 620 首 . 他活著開心的時候

活著過開心的生活
踏實的體會身邊所有的樂趣
讓煩惱領悟知足的收穫
讓日子了解順利的理由
讓說不完點點滴滴的甜蜜
洋溢著幸福的笑容

雖然可以感受
和風細雨的春天
讓快樂過得簡簡單單
但失落卻深藏在他期待的內心
走出花花世界的虛偽
讓心平靜的感受純真的喜悅
在浪漫的星空下
欣賞自然的一景一物
發現開心一直在四周
不曾遠離

她像花叢中的彩蝶
優雅的迎風起舞
無論穿什麼衣服
總是那麼大方、美麗
看了令人著迷
雖然她暫時把笑容藏了起來
怕飛不完花開花謝的季節
把幸福繼續採擷
讓開心的果實充滿愛的甜蜜

第621首.生命藍圖（二）

你希望出頭
希望能有一個
舉目遠眺未來的地方
當然也知道夢想
不分高低與貴賤
只要夢裡
有你理想的翅膀
下定決心就能飛越
任何障礙和難關

你用一生的時間
在拼湊著
一張理想的藍圖
僅管花了不少心思與努力
都為了親手畫好
這張圓滿的創作
但是我們生活在一個
現實困難的環境中
誰不想把美好理想付諸實現？
你不也曾擔心過
所面臨的考驗？
是否經得起得失起伏的震動
擔心這世界的每一角落
都隱藏著現實背後的冷漠

（繼續第621首.生命藍圖（二））
既然如此
你也不用灰心和埋怨
把人生想像成一場比賽
過程中
難免猶豫不決
隨著起伏不定的環境
左右搖擺
然後漂浮在勝負不明的天空
當然輸贏也不能太在意啊
每一個障礙都是對我們的考驗
每一種危險都有可能
造成打擊和損傷
使我們的信心低落
所以在這緊要關頭
只有用我們已規劃好的藍圖
才有機會勇敢的超前
進而把危機化為轉機

或許你也可以隨遇而安
不必執著於成敗論英雄
讓每次比賽都能盡力
都能充滿希望
只要你有決心
自然能描繪出一張
屬於你的生命藍圖
打造出你希望的家園

第622首.回家的心情

此時已是黃昏，我似~歸鳥~的心情，已盤旋在天空。 一個匆忙的行程，怎能體會我疲累的身體。
聽那黃昏的鳥兒唱起悅耳的歌，伴隨一群心急的~歸鳥~嘰嘰喳喳吵雜的叫聲；混在一起，聲音是那麼急促，像是急著回自己的窩。聽起來有些急躁和無奈。

但你溫柔的想說些安慰我的話。 那些忽忙來回的日子，你請它離開吧！
請它再也不要回頭。在夜晚的時候，你就不用在冷清的街頭；一個人痴痴的等我。當天漸漸黑下來的時候，我會發現周圍的安靜；鳥兒的叫聲也變小了，此時家裡的父母們也正忙著找尋，和呼喚他們孩子回家了。

孩子們也真的累了，上了一天的課、補習、運動奔波了一天，也該回家歇息了。為此清晨時你得起更早啊！也是為了可愛的孩子。
家的幸福讓你心情愉快，忘掉了煩憂。孩子們是家的的希望，快樂的天使。他們是天真活潑的寶貝，有著好動和幼稚的心靈；燦爛的笑容的，走到那裡玩到那裡。

他們不需要很好玩的玩具，和很多的零用錢，就可以過得很快樂。因為他們有個幸福的家，家中有個慈祥的父親和溫柔的母親；在呼喚著他們回家來，享受家的溫暖。
那怕是在外面，受了委曲也會急著回家找滿臉笑容的母親，和慈愛寬容的父親，訴說心中的煩憂。

第 623 首 . 你還沒實現的夢想

你還沒實現的夢想
沉浸在得失之中
於是緊緊的抱著樂觀
來扭轉頹敗的殘破
讓我為你感到很快樂
不過我也擔心你
是否真能做到？

你挑選著理想
在未來中遊走
手中觸摸的往事
想繼續反省那錯誤的結果

匆忙的時間把你帶走
讓你在工作中繼續奮鬥
你黯淡的羽毛
也讓驚恐處於高處
祂讓你在向下俯瞰時
看到了
伸入天空的大樹
它們的勇敢和自由
祂給了你信心
有超越以往的把握

你期待的天空
祂仍然

（繼續第623首.你還沒實現的夢想）
多情的凝視著你
為你的人生
指引出夢想的方向
照亮你
實現夢想的道路
給你光明和溫暖

第624首.熱心的司機

公車司機
熟練地
操縱他的方向盤
面對新的旅程
他安穩起步
緩緩的駛向安全
和光明的大道
正如我們
也要調整好心態
掌握住自己的方向
面對正確的目標
做出適時的修正
然後安全的前進
抵達理想的目的

想起人生在世
也像是過路的旅客

（繼續第 624 首. 熱心的司機）
懂得尊重和珍惜
就能滿足的
在快樂中度過
享受舒適的快感
而熱心的司機
也樂意願幫我們
找到自己的方向
送我們各赴
美好的前程和目的

我從車窗向外望去
外面車如流水的道路
有些坎坷不平
領悟了人生的道路
不也一樣泥濘難行？
只有把握信心不慌不亂
在車流中相互禮讓
保持安全的距離
才能平安出門~快樂回家

旅途中欣賞
路上的風光明媚
景色優美~心情好愜意
伴隨著早晨的風雨
也從夢中醒來
它跟大家打了聲招呼
停留在那盛開的花瓣
驕傲的滋潤了美麗

第625首.哭與笑

沒有哭哪來的笑
人一出生就哭著
面對這個陌生的世界
為了呼出的一口氣
震動的聲帶發出了哭聲
告訴了我們~他已健康的出世

他不哭他的笑從哪裡來？
成長的哭泣是先了解悲傷
才會為自己找來快樂
哭是一種本能
它保護著我們的心靈
不再受創傷、減輕壓力
哭也是求生的武器
它使我們能免於挨餓
減輕病痛、博取同情
還有讓愛發揮威力

笑是心情愉悅的表現
它可使我們獲得良好的友誼
穩定的情緒
它可以改善人際關係
給人好的印象
它可以舒緩心靈的壓力
減少痛苦
也可以使身體強健病痛遠離
還可以使我們年輕

（繼續第 625 首. 哭與笑）
使生活更有趣
用健康的身體好的心情
迎接問題的開始
在過程中自信的微笑
樂觀的努力
化解其中的疑慮
創造出生活的藝術
為生命留下美好的回憶

一個人面對鏡子微笑
笑容就在鏡子裡
對別人微笑
笑容在別人的心裡
我們用微笑來修養自己
用親切溫馨的笑容
來面對人生
讓微笑的花朵
綻放出美麗的人生

我們用哭泣來感動自己
感動天地
哭出改過的勇氣
哭出失敗的覺悟
哭出失去親人的哀慟
哭出所有的委屈
用懺悔的眼淚
讓慈悲的愛能回心轉意

第 626 首 . 幸福的長河

時間的長河不停的在流動
生命之舟載我航向幸福的港灣
我打開幸福的內心
接受時間的考驗
這裡沒有風平浪靜的天空
這裡有時波濤洶湧暗藏危險

人的一生都在追求幸福
沒有人能永遠幸福
也沒有人會永遠不幸
它是一種感覺存在我們的內心
需要我們不斷的去維持和追求
它不在於物質的享受
也不在於生活的美好
而是一種滿足和快樂
且有較長的時間的歡樂

只有滿足的呼吸才是真實的
幸福中有所忽略的
不見得將無法挽回
幸福的堅持輕盈的
在長河激起漣漪
它就在不遠的前方
在長河的兩旁
沿岸幸福的花朵始終沉默
它在等待光彩重生的河

第 627 首.回覆網友的心情

謝謝妳花那麼多心思和時間，把妳美麗的心情寫給我，把我當成知音。我平常話也不多，跟朋友在一起時，大半時間我都是個聽眾；心思也比較單純，沒有其他的遐想。能認識妳，是我的榮幸，有人第一次向我說這麼多的內心話。
也謝謝妳，這麼看得起我，肯跟我說那麼多。
妳文筆不錯，情感豐富，適合寫抒情的詩。
我比較直，只有寫些簡單的人生之道。
我們在不同的領域裡，遇到不同的心情。
妳的問題，我已了解。
我舉個例：就像老師在上課，有的同學很用心，在前一天提前了預習，且上課也認真；把握了重點，自然學得很順利。我的詩文中有許多正面人生的隱喻，妳可以先預習，若有認同我的道理，我再來給妳提建議，如此不是更有意義嗎？再回頭來，看看其他同學，上課前沒預習，就有許多的疑慮，而於課堂上頻發問~一些簡單的問題。讓老師和同學知道了，他沒先預習，跟不上這堂課的學習。你說是嗎？
人生的課題，有許多可以靠自己，例如：曾子曰：「吾日三省吾身，為人謀而不忠呼？，與朋友交而不信呼？傳不習呼？」也是一種方法。妳認為呢？

第 628 首.她像一朵盛開的花

被花迷惑的女子
花園不是她真正的響往
她像一朵花盛開的美麗

（繼續第628首.她像一朵盛開的花）
輕輕搖曳著她動人的舞姿
迫不及待的綻開
她美麗的笑臉~迎著風
飄灑出來令人沉醉的清香
她喜歡花
喜歡浪漫的氣氛
喜歡彌漫開來了的
香氣撲鼻
讓她隨著
微風起舞的芳心
飛向那美好的遠方
去喚醒愛花人
夢中的深情

她高貴的氣質
像梅花的堅忍卻從不張揚
自信的傲然挺立於人群之中
我欣賞花卻難以形容它的
清麗脫俗
只是喜歡靜靜的看著
它向世人綻放出的努力
看它甘於寂寞的命運
也沒有沮喪的心情
屹立在冰雪的山頂
領悟大自然的苦難和磨練
看透風吹落的心情

（繼續第628首.她像一朵盛開的花）
我渴望像梅花一樣
在寒風中~
獨自綻放的勇氣
開出完美的自己
與自然的天氣一爭高下

第629首.好花朵朵開

（詩歌未譜曲）

好花朵朵開　浪漫為你採
願你心歡喜　付出真情愛
好事連連來　幸福為你栽
願你心珍惜　攜手創未來

好夢圓圓　甜蜜的期待
願你入夢　尋找到真愛
美夢甜甜　等你心花開
醒來開　美滿樂開懷

好花朵朵開　浪漫為你採
願你心歡喜　付出真情愛
好事連連來　幸福為你栽
願你心珍惜　攜手創未來

好花朵朵開　浪漫為你採
願你心歡喜　付出真情愛

（繼續第629首.好花朵朵開）
好事連連來　幸福為你栽
願你心珍惜　攜手創未來

好花朵朵開　浪漫為你採
願你心歡喜　付出真情愛

第630首.為什麼刪我好友？

我問朋友
為什麼要刪我好友？
我有犯什麼錯嗎？
他說不知道

我說：
是不是因為
我是某人的好友？
我猜妳跟她相處不來
你本打算刪她好友
卻刪了我

我說：
你不要牽怒於無辜
能成為好友 就少了一個敵人
為你的前途多了一點幫助
你敵人多了
有的損友是會害你的

（繼續第 630 首. 為什麼刪我好友？）
我說：
現在我更關心的是你
我看見了你被仇恨
蒙蔽了雙眼
這個說法也許不正確
我只是看見了一些表面
而真正的原因是否如此
有些事的複雜和迷惑
我根本看不見

第 631 首.如果我們的相遇

如果我們的相遇
是有緣的邂逅
是為千里而來的
心~相繫
那麼就讓我用心動的筆
寫下一首好詩送給你
在你最美麗的時刻
給你浪漫溫馨的氣息
為此我已在人海中
等了你數十年
讓我們在美夢中
開始這一段塵緣吧
或許你已把我想起
想起~我們曾擦肩而過的美麗

（繼續第 631 首. 如果我們的相遇）

想起~我曾是一朵不知名的小花
長在你必經的路旁
當你走近時
請你欣賞我~那初開的美麗
那是我等候的情意

終於你悄悄的走了過來
深情的看著我
在我身旁露出會心的微笑
溫柔的撫慰我的心
表情流露出愛和憐惜
輕聲的告訴了我
你的思念和情意

第 632 首. 想你為何離去

（詩歌未譜曲）

閉上眼我又想起妳
想妳為何離我而去
若有情就不該分離
忍不住心裡的悲戚
在夢裡我又夢見妳
夢見愛情是場遊戲
若有緣千里心相惜
再重溫浪漫的氣息

（繼續第632首.想你為何離去）
你把愛灑在空氣裡
讓我陶醉的來呼吸
要好好珍惜這情誼
讓我們從此不分離
只要你付出真情意
浪漫的走向我這裡
我願重新再接受你
用心維持這份友誼

閉上眼我又想起妳
想妳為何離我而去
若有情就不該分離
忍不住心裡的悲戚

在夢裡我又夢見妳
夢見愛情是場遊戲
若有緣千里心相惜
再重溫浪漫的氣息

你把愛灑在空氣裡
讓我陶醉的來呼吸
要好好珍惜這情誼
讓我們從此不分離
只要你付出真情意
浪漫的走向我這裡
我願重新再接受你
用心維持這份友誼

(繼續第 632 首.想你為何離去)
你把愛灑在空氣裡
讓我陶醉的來呼吸
要好好珍惜這情誼
讓我們從此不分離
只要你付出真情意
浪漫的走向我這裡
我願重新再接受你
用心維持這份友誼

第 633 首.我握有的未來

穿的還是幾年前的老舊
日子~卻仍然是眼前的難過
兩種心情像被現實
束縛在一起了
有一種空虛和寂寞
我想起 一個雨天
轉機宛如雨過天晴的彩虹
美麗的掛在天空~但卻不長久

六月的驕陽熱情如火
興奮的照亮了我~黯淡的生命
祂看著我對我露出了笑臉
我站在陽台上歡迎祂進來
心情是如此平靜而快樂

（繼續第 633 首. 我握有的未來）
時間總會過去
在得失之間
領悟了珍惜的可貴
即使失去了機會
但我還握有未來~它在等著我

面對著理智的陽光
你一度敞開了窗口
不知是為了讓我向外~眺望
還是讓屋外的太陽
朝我窺探~
窺探我「沒有勇氣時如何走過的坎坷，
就像被信心遺棄的孤兒」

讓我說出心裡話吧！
「失去的機會，其實從未真正遠離，所以也未必~真的失去，因為我握有的未來」

第 634 首 . 讓我奉獻給這世界

讓我在失敗中
找尋那份淡然
從失意和落魄裡
找到讓心靈棲息的地方
在失落時了解自己的不足

（繼續第634首.讓我奉獻給這世界）
讓我把~所有我用心的詩歌
和我真誠的愛~奉獻給這世界
讓難忘的苦和失去夢
隨著輕快的音樂漸漸遠離

回首多少往事~
都如一片浮雲的空虛
隨風飄走的~是我的夢
感慨的心也隨
風落下
泛起了湖面的漣漪
慢慢的蕩漾開來
是我寂寞的感情

讓我虔誠的心
義無反顧的熱愛生命
變成堅強的大樹
挺立在天地之間
勇敢的把枝葉伸入天空
讓我熱情的雙手
溫暖這世界
緊緊擁抱住幸福
變成理想的翅膀
飛向感恩的天空~
俯瞰這慈悲的大地

親愛的好友

讓我們拿出自己的
決心和勇氣
還有更多的精力
參與自己精彩的人生
回到善良的天地
去開創幸福的樂園

第 635 首.他隨波逐流的心情

他隨波逐流的心情
活在昨天的回憶裡
像橋下緩緩的河流
疲累的流著
少了充實和自信的源泉
他想要洗刷一身的汙泥
想要沉澱一些傷痛的過去
重新開始新的生活

他有時也活在
寂寞無人的明天~
讓無知的時間流失
在等待的美麗中~未來的時間裡
他決定不了的
是歡樂或憂愁的心情
像一隻捲曲的~蛇
在等待著獵物
在為明天的事而煩惱

（繼續第 635 首. 他隨波逐流的心情）
卻只是用
守株待兔的心裡來應付

他剩下的只是今天的踏實
站在時間的上方
他永遠不知道
明天會發生什麼

就讓時間帶他
遠離往日的迷惑吧
去開創快樂與幸福的今天
在時間的國度裡
讓這完整的生命
更有價值更有意義
只要我們記取昨天的教訓
努力於今天的目標
描繪出明天的精彩
就能在成長的過程中
獲得幸福和快樂的時間

第 636 首. 當我有心事的時候

我總在有心事時候
才會懂得如何
打開煩惱的心扉
收拾起輕鬆的行囊
和朋友一起

（繼續第 636 首. 當我有心事的時候）
將失落中的點點滴滴
和愁眉不展的記憶放飛
在反覆的惡夢中
切斷害怕和恐懼
去見一個夢想中
所包容的美麗

我每天都會期待
夢想中前進的腳步
傾聽著午夜夢回的歌聲
感受動人的音符
讓所有的寂寞都隨風飄落
等待充實的向上的心向我靠近
把心事寫在熟悉的快樂中
放鬆我掙扎的心理

當我追求快樂的時候
就會發現
痛苦和煩惱不會反覆的來打擊
我心中的負擔
痛苦就會一點一點的落下
沒有了痕跡
當我不再是一意孤行時
人生也不再有痛苦的束縛
當我放下心事和煩惱
聽一首快樂的歌曲
彷彿快樂就在身邊
而不再是遙不可及

第637首.善良的故事

故事
也不知道從那裡開始
要寫到什麼時候
才會淪落到今天這個局面
連自己的舞台也不知道在那裡？

我們先後學習了
聖人真理的教育
拜讀過不少
有關人生哲學的書籍
也參考過一些歷史的前車之鑑
加上自己的一點遐想
才能寫到有今天這個局面
雖然我們忽略了很多情節
也受了很多苦
但若沒有精彩的故事
對於情節的內容
是起不了什麼作用的
就如缺個及時雨
灑落在我們枯萎的心靈
連溼的痕跡都找不著

那種描寫人的墮落
及情慾橫流的無奈
使我們不得安寧
壓迫著的悲哀

（繼續第 637 首. 善良的故事）
找不到情感的歸宿
而痛苦的筆
在繼續寫著淪陷的故事
難道希望有這樣的一天
連靈感也淪陷了

但事實上總會有人受苦
愛的痛苦、前途的無助
又使我們回到
寫不出東西的窘境
腦子也不靈光了
心裡只有坦蕩的悲傷
看著書房裡空白的夢魘
塵封已久的老舊
我發覺有些不同靈感
還是放下筆、放下自己
去找出善良和故事的源頭

第 638 首. 未寄出的祝福

一封寫滿情感的書信
在思念中被寄出
它在時空中流浪
去尋找它的主人
它會找到我失去連絡的
那個朋友嗎？

（繼續第638首. 未寄出的祝福）
把自己交到
思念的人手中嗎？

有誰能為它棄而不捨的
找尋它的歸宿？
期待有心的郵差為它傳送吧！
從白天到黑夜
不停的替~它~找尋他的下落：
他可能在
瀰漫花香的小路上
或離別多年的家鄉中
在人群擁擠的街道口
或夢迴傷心的角落
它有來自我心真誠的祝福
訴說著我思念的情懷
和那份濃濃的深情

思念像空氣中瀰漫的花香
令我心有嚮往的寄託
像令人陶醉的春風
徜徉在風光明媚的大自然裡
去懷念昔日的攜手同遊
而模糊的遙遠和變遷的過往
讓我寫滿思念的心
只能隨風飄去~為我的好友
獻上我的關懷和祝福

第 639 首.他學習月亮的淡泊

為了現想和生活
他不知疲倦的在時間裡穿梭
為了家庭的幸福和美滿
他每天都要堅持勤奮的工作
為了能替美麗人生~寫下一些
以真實生活為基礎的創作
他還要在空閒時找些靈感
讓許多人可以分享他的創作
了解他對人生的承諾和執著

他什麼好事都肯做
什麼壞事也沒放心頭
因為他不想因需求無度
而惹紅了自己的雙眼
他已學會放下生命中的奢求
學會像月亮一樣
從不計較所處位置的高低~
用一生無私的奉獻
默默的來發光發亮
學會祂的淡泊明志和光明磊落

他已了解月亮的淡泊
也領悟了祂智慧的光茫~
祂不僅有美好的形象
還有不屈不撓的動力
但祂也有不完美的時候

（繼續第 639 首. 他學習月亮的淡泊）
有不圓滿的缺憾
不過祂正在努力填補
用心排除萬難
等待初一、十五時的承諾
讓自己圓滿的心願
照耀大地
伴隨著晴朗的天空
把自己黃色的光茫
輕輕的灑向壯麗的山河
洋溢出美好的生命氣息

第 640 首 . 我將再起

突然來的一場風雨
打亂了我的行程
我是多麼在意
這晴朗天空中燦爛的陽光
祂給我明媚的心情
雖然這是我成長過程中
短暫的烏雲
但不久就會雨過天晴

因為我曾志在四方
有過風雨中不倒的毅力
曾腳踏實地的走過
堅持的勝利

（繼續第 640 首. 我將再起）
因為我不怕打擊
有實事求是的勇氣

第 641 首. 學習大海的寬容

如果有一天
我忘記了憂傷
也忘記了現在失落的模樣
那麼就用我希望的心
放下這不公平的怨
不再執著於失去的惆悵

當作這一切的改變
與失敗無關吧
讓我活在理智的世界裡
去反省這些過程中的
是是非非

讓我學習大海的寬容吧
學習祂能包容的一切
學習祂能原諒所有人
對祂的傷害
因為只要我能領悟寬容的心
就能懂得愛自己也愛這世界

第642首.我的人生

我嘗想我寫詩
是寫給誰看
是寫給一般大眾？
還是只寫下自己的內心世界

有許多詩代表了我的人生
我的成長還有我含淚中的堅強
我希望看的人能給我指教
也希望認同我的人給我希望

畢竟我不是你們想像中
的美好形像
我一樣有七情六慾的結
一樣躲不過孤獨的悲傷

人只有在苦難中
才懂得珍惜身邊的幸福
那怕是一碗麵的故事
那麼的辛酸
都有知足的眼淚
那幸福
是所有人都羨慕的感傷

第 643 首 . 生活的話題

我們時常會疏忽
讓老舊的日子
在無助中失望的掙扎~
忘記了朋友曾經的忠告
只想要為黯淡的生活
做最後的努力
只希望保留期待的目光
變化出新鮮的未來
但也難以美化
生命中閃爍的明燈
只有讓回憶拋出
所有妨礙生活的話題
才能化解心中還未平息的疑慮

生命像一條變化的小溪
讓我們開始保護理想的樹林
恢復以往河水的清澈
讓空氣彌漫著嚮往的清新
使大地生機勃勃的呈現新的氣象
相信在我們用心的努力下
很快的就會變成理想的環境
變成所有動物們都能回的家
用心掀起一片生命的浪潮
再造感動的漣漪

第 644 首．幸福的叮嚀

我把心事收拾得乾乾淨淨
把有趣的生活一字排開
讓家庭變成幸福的樂園
然後默默等著你回來
迎接你溫柔的臉孔
笑開懷
讓你可以放鬆一下心情
同時舒緩你一些緊張的壓力
讓家給你溫馨和甜蜜

仰望天上的明月從東方升起
伴隨著夜晚的美麗
不捨你奔波忙碌的辛勞
讓我心久久不能平息
想起你的叮嚀
是我幸福的記憶

你說：
「用珍惜的擁有　來領悟生命的意義
用今日的努力　換取明日綻放的光輝
這裡有我們用心收集的理想
這裡瀰漫著家庭和樂的氣息」

第 645 首．實際的努力

沒有變化的歌
想唱出
令人的心動
沒有希望的夢
想追求
所有理想的內容
但沒有實際努力
早晚也會落空

我們的天空
在變化著理想的雲彩
但我們的時間
卻在慢慢的溜走
那要注意的是什麼？
那些還沒做完的夢
它在夜裡疲累的翻身
使我們明白：
它已不會再有完美的藉口
也不會使人沉醉
因為它已迷失在
自己的虛幻中
只顧著自己追尋迷茫的明天

這裡變化正在開始
卻沒有克服困難的氣魄
使我們領悟出：

（繼續第 645 首. 實際的努力）

假如只有被逼迫的勇氣
自然會走失在虛偽的人羣中
那麼等待著的成功
就不會輕易到來

讓我們換首令人振奮的歌
讓我們離開虛幻的美夢
去尋找理想的天空
那裡有我們收藏的希望
那裡有我們真實的美夢

已經有朋友在熱情的招手
他們帶著不變的真情
把我們的天空打掃乾淨
讓我們沒有一絲愁雲慘霧的困擾
可以實際的來努力
取得豐碩的成果

第 646 首 . 他幸福的理由

時間在這裡被分開
被快樂和痛苦分開
時間從沒有嫌棄過他
常在他身邊徘徊
也沒有幫他任何的忙
因為他上進

（繼續第 646 首. 他幸福的理由）
上進得幾乎沒有缺點
他甚至還沒有犯過什麼大錯

他一個人的時侯
會計劃好時間做有把握的工作
他有正確思維能拒絕任何誘惑
他是一個正人君子
正走在光明的大道上
他尚在努力的學習中
而他出發的地方
是一個知足的家園

這裡有智慧的書房
各種書籍應有盡有
他可以專心的在這裡寫作
雖然這不能證明
他寫的都很精彩
但看得出來他還挺用心的

他希望以文會友、以友輔仁
這裡常被朋友當作是
一個詩意的地方來欣賞
看著夜晚的星星
陪著涼爽的風

這裡有一切靈感思考的美景
有一群朋友的談天說地

（繼續第 646 首. 他幸福的理由）
他們盡情的為他消除煩憂
不為任何理由為他打氣加油
他的靈感有時空虛
他為了理想和創作
常探索一切真實生活及人生之道
他想要明白
一個真理中所包涵的一切
為人生寫下幸福的理由

第 647 首 . 領悟花朵的自信

無聲的花朵
默默訴說著自己的美麗
為自信開出鮮明的未來
燦爛的笑容
讓陽光每天從東方升起
為希望照亮前途的光明
閃耀著的愛
綻放出溫暖的情意
把幸福打開郵寄給溫柔的你

眼前的蝴蝶和蜜峰
在幸福的花園裡
樂得逍遙和自在
分享好心情後
隨之起舞

（繼續第 647 首. 領悟花朵的自信）
是的
我們也想訴說這幸福的愛
綻放出自信的未來
把快樂的花朵分享給好友們
讓所有人都可以欣賞
這心花朵朵一連串的愛
感受它好心情的自在

我現在的心情
就如這優雅的花朵
是那麼的天真可愛
我想像身旁的青山綠水
它們的心胸
是多麼豪放瀟灑
我希望有雨過天晴的清新
我相信我可以
走出那灰色的地帶
去追尋我夢想的花海

第 648 首. 他為了夢想

他為了夢想
夜以繼日的不停創作
為了完成自己的心血結晶
也不知老之將至樂以忘憂
依舊在自己夢想的

（繼續第 648 首. 他為了夢想）
國度裡笑迎春風
滿懷樂觀的心依然執著
終於獲得美好的成果
不論是完整或缺失
他也從不間斷
努力的將夢想的燈火點燃
照亮夜行的恐慌
走出希望和勇氣

看他在黑暗中的堅強
想像他如何移動步履的艱辛
比較我日復一日
單調的生活旋律
雖有不停變化的高低起伏
有笑有淚的動人音符
但只有在生命中不停的彈唱
陶醉於夢想的執著之中
才能在平凡的過程裡
觸及那遙不可及的美夢
但願夢想會是一首美好的
天籟之音
讓我創作出美好幸福的樂章

第 649 首. 你接受了新事物的挑戰

你敏銳的思想接受了新事物的挑戰

（繼續第 649 首. 你接受了新事物的挑戰）
開明的浪潮澎湃洶湧勢不可擋
你桌上的書本年輕得少了些實際的驗證
讓看問題的人言辭犀利咄咄逼人
你用心的眼睛不怕出錯在努力的過程中
研發出新科技

愛創新的你堅強的在困難中摸索出新時代的意義
讓敏感的思緒打開了另一層面讓這新發現的轉變永遠滾動下去
愛研究的你有什麼問題？你心中必然裝滿著自己的主見與想法~忘了參考其他人的聲音
但停不住你繼續的熱忱像一首振奮人心的樂曲自心底響起
你工作的雙手太認真要負起更多的責任
即使點點的進展也會使你興奮的心情為之一振
思索著怎樣把創新轉變成實際 是你目前的課題

夢想中的未來是你我期待的科技
我想像有一些芯片要植入我們的身體
這或許是驚喜或許有人質疑
但隨著科技不斷的進步它每天都在創新
讓我們的生活變得方便和寬裕也更新了現代幸福的意義

第 650 首 . 心情的歌曲

心情的歌曲唱出我心中的感慨
哀怨的歌聲表達我內心的無奈

（繼續第 650 首. 心情的歌曲）
我的時間在歌聲中流失
我的未來
在好聽的旋律中
和唯美的歌詞裡
慢慢找回了失去的音符
化解了我在現實中
跟不上節奏的惆悵

為什麼我會聽歌？
因為歌曲中有我的心事
它能舒發我的情緒安撫我的滄桑
讓我暫時的感傷 獲得了圓滿的答案

我想唱出自己的歌
可是歌難寫、長短句要協調
內容要自然順暢、每句字尾要押韻
使我苦心冥想也寫不下去
因為我心太多感傷
一時無法寫下太多的片面之詞
也對不上押韻的約束
只有等心平氣和時
再來寫下動人的歌詞
為人們舒緩心情的緊張

第 651 首 . 隨著夢想走遠方

（男女合唱詩歌未譜曲）

隨著夢想走遠方
為了你我的希望
想起地久和天長
分隔兩地心茫茫

隨著距離遙相望
模糊淚水已流淌
盼君早歸莫徬徨
期待相聚訴衷腸

總是思念想帶給你新裝
願你心喜好模樣
讓我們彼此相聚問近況
把握現在好時光

期待異地相戀吐露芬芳
同執夢想懷抱好希望
堅持努力往前闖
幸運擁有為愛忙
克服遠距離的憂傷
等待機會回家鄉

隨著夢想走遠方
為了妳我的希望
想起地久和天長
分隔兩地心茫茫

（繼續第651首.隨著夢想走遠方）
隨著距離遙相望
模糊淚水已流淌
盼君早歸莫徬徨
期待相聚訴衷腸

總是思念想帶給你新裝
願你心喜好模樣
讓我們彼此相聚問近況
把握現在好時光

期待異地相戀吐露芬芳
同執夢想懷抱好希望
堅持努力往前闖
幸運擁有為愛忙
克服遠距離的憂傷
等待機會回家鄉

第652首.我的生平

一棵樹多麼渺小
相對於一望無際的森林
我的生平 雲淡風輕
沒有驚天動地的大事
也沒有轟轟烈烈的感人事蹟
只留下一些平淡無奇的生活言語
及一些醒人的詩句
叫幸福者知足叫得意者反省

（繼續第 652 首. 我的生平）
上天叫我「合理」所以讓我學習
我的生活艱難
每一腳步都是荊棘
只有人生的意義
在幫我走出生活的叢林
還有這個生命的創始者
祂要我找回珍惜的勇氣

歲月在我身上塗滿了滄桑
失落也在我身旁不離不棄
只有時間能證明我的堅強
至少我還在努力

也許我就是那樣的平淡無奇
因為上天賦予我不起眼的生命
還給我無情的打擊
但是我知道
命運掌握在自己的手裡
未來也只有靠我自己

第 653 首 . 你是我的姐

無力到達的地方實在太多了
不止腳還在疼痛
眼睛也模糊不清
姐你還記不記得我們的祖籍

（繼續第 653 首. 你是我的姐）

有沒有忘記了父親的故鄉
飲水思源的希望
使我中染上思鄉的哀愁
我的心只有你知道

你是我的姐
妳我有共同的血源
追溯你的出生是完美的期待
幸福中使你快樂的
看到你自己美好的未來
你教訓我使我懂事
讓我聽這個幸福的聲音
你讓我成長下來
讓我了解什麼叫知足常樂

我與不幸構成我的童年
這世界是可怕的生死別離
多少年來
我已記不得我以前的哭聲
多少年來
已在我心中成為缺憾

第 654 首. 給妻子的一些心裡話

很久了
沒能為妳買下一束

（繼續第 654 首. 給妻子的一些心裡話）
妳喜歡的玫瑰花
為你獻上一份甜蜜的笑容
是我的疏忽請妳原諒
妳曾是我生活中唯一的重心
在我這久經滄桑的的心河裡
仍時常會激起一些美麗的浪花

感謝妳給我多彩豐富的人生
但是我的心實在過於單調刻板
因為我年少時過早的遭遇了
人生的不幸
並在多次的困境中失去了方向
叫我心怎能不失望和受傷

如今我只有
繼續為生活的困苦來努力
為了讓我們的日子
能過得更幸福美滿
就讓我以前的不幸
和妳未曾受過苦難
以後也不要再發生
讓永遠的安適在我們的身旁

繁重的工作是我目前的責任
我希望把所有的幸福全部給妳

第655首.讓我們的希望萌芽

人的一生就是這樣
圍繞著希望
擁抱著夢想
用勤勞和毅力
創造燦爛的人生
在期待中悄悄的來去

像一粒希望的種籽
平常就要用愛來澆灌
細心來培育
讓它從光明中發芽起來
在成熟時採擷它的希望
換取我們生活的保障

從一萌芽起
我們就不能有回頭的選擇
也無法停止對它用心的栽培
更不能任它　環境、因緣
和風雨的造化而弄巧成拙
只有真心的栽培
才能讓它有開花結果的希望

第 656 首 . 領悟了「大學之道」

在陽光明媚的心中
我領悟了「祂」
應該有的正確思想
祂該有排除一切錯謬的 認知
可以做為正確的選擇和方向
並能提供好言的勸告和建議
朝人生光明的方向繼續發展

我們應該放下
妄情執著的糾纏
以修身養性的來減少
貪瞋痴等煩惱的束縛
才能明是非和善惡
才不致疏忽的 造成過失
掉進罪惡和痛苦的的深淵

期待「明明德」的芬芳
那開朗的心情
正綻放在每個
「親民」的身旁
讓處處都有覺悟的「至善」
讓那快樂的日子和滿足的生活
在無私的奉獻下
使我們的人生充滿新的希望

第 657 首 . 掙扎的命運

我在書房伴著夜的寧靜
慢慢的品嚐了書的香氣
讓自己靜下來看著書
揮灑出精彩自如的得意

我正思索著自己的命運
盯著一本老舊的故事出神
我聽見窗外柔和的風聲
拍打震動了我點點的詩意

回想前年、去年的花朵
曾向我綻放的美麗
看見天空迅速變幻的風雲
不知何時我的心情才能亮起來

我也曾默默的掙扎了很久很久
瞧四周多麼冷靜
而埋伏在樹林裡的靈感
它們也十分機警
正悄悄地觀察著四周的地形
小心翼翼傳來
風吹樹葉的沙沙聲
讓我有一絲被感動的快樂

第658首.你是一個聰明的人

你是一個聰明的人
從小就如此
生來就有天賦
能在生活中找到快樂的自我
知道要有更多的自信
才能擁有更多的光彩和夢想
也希望掌握更多的知識
取得更多的正向思考
以及遇挫折時要有的
一些反向的思維
才不讓自己在無依無靠時
來厭倦生活的乏味

你是一個精明的人
懂得算計著未來
當人們不動的時候
而你常四處奔波
做你想做的事
在現實中磨練出
一種快樂的聲音
來滿足自己的成就感

你是一個幸福的人
應該珍惜青春年華
經得起風吹雨打
才能讓壓力的人生

（繼續第 658 首. 你是一個聰明的人）
綻放出亮麗的色彩
迸發出生命的活力
而你總不相信一些謠言
將使你自信得足夠圓滿

失落的秋天讓你遭遇挫折
像個失意者
去找你的朋友或能得到
一些鼓勵和幫助吧？
你是一個善良的人
只要你開心、肯努力、有自信
相信你的生命會更有意義
你的人生會更豐富多彩

第 659 首 . 那一天的收藏

那一天我們走在旅遊的路上
和你一邊唱歌
一同欣賞沿路的風光
你給我一朵迷人的微笑
和一束快樂的心情

你說:「打開心房吧！」
要我放進一顆美麗的收藏
讓我珍惜要我仔細欣賞
不讓它枯萎了

（繼續第 659 首. 那一天的收藏）
可是過後我成天繁忙疏於培養
讓它在風雨中無助的飄蕩
聲音沙沙作響
為此我才驚覺它
已在找尋另一個安心的希望
希望能有美麗的綻放

第 660 首. 我有一個信念

當我看見國旗飄揚
走過自由的廣場
呼喊著愛國的口號
發現有人無動於衷
像是陌生的少了真誠和熱情
這不是失望也沒有沮喪
只是少了認同的方向

我有一個信念
在我走回家的路上
發現天空是一片的蔚藍
心情也像白晝般光明磊落
前途充滿希望
雖然有著不同顏色的期待
也有不同訴求的主張
但這不會失去也不會迷惘
因為它是我們共同的家鄉
有著我們共同的希望

第661首.誰有千言萬語的勇氣

誰肯用千言萬語的勇氣
打開了沉默的心情
去傾訴開心的話題
讓委屈和挫折傷心的離去
用最忠實的心和無私的愛
去鼓勵承諾的自信
重新學習熱愛生命的動力

誰能給我們千言萬語的智慧
去了解人生的意義：
了解想要成功就得懂得孤獨
想要走得順利就得合群
好與壞都是我們的環境
只要有努力的勇氣
去追求完美的意義
體驗完美中的順利
就能讓人生留下
一片屬於自己的天地

誰能以千言萬語來鼓勵
讓生活中的歡聲笑語有了正面的意義
進而尋求志同道合的好友結伴同行
排除前進時孤單的憂慮
即便是失意了也不會失志
想成功總是希望有人支持和鼓勵
只要肯努力的走下去

（繼續第 661 首. 誰有千言萬語的勇氣）
就不會錯失良機
也不後悔曾把握的用心
因為我們曾用千言萬語
去解釋人生的意義

第 662 首 . 你多麼快樂

你多麼快樂
看著夕陽西下
欣賞朵朵絢麗的霞光
伴隨一條平靜的河
歡暢的流淌着
挺自在像魚兒的快樂

把一切的喜怒哀樂暫時拋開
任微風吹拂像輕飄的雲朵

你爬人生的台階輕鬆而自信
在漫長的努力下
幸福已在你的身旁
顯得有點緊張了
也許你滄桑的容顏
匆匆的改變了你的美麗
透出雛紋的成熟

(繼續第662首.你多麼快樂)
但自然的逼真
讓你留下深刻的印象
你正種植出屬於你的天地
朝向永恒的希望

第663首.给二姐

二姐我親愛的姐姐
今天是妳的忌日
我已準備好了
蔬果飯菜來祭拜妳
望妳在天堂好好的休息
不要再為弟煩惱了

想起你為我付出的辛苦
我除了感動還能說些什麼呢?
我謹記妳的教導
還有妳耐心的照顧
妳離開了十多年了
在天上還好嗎?
妳現在由誰來照顧?
妳的靈魂還住慣那裡?

你喜歡的書籍
還是孤獨的擺在那裡
散發著書香的氣息

（繼續第 663 首. 給二姐）
妳用過的筆也在那裡沉思
儲藏著妳曾經的夢想
你崇拜的偶像
還是一樣用心的唱歌
只是聲音有點陌生了

願妳在天堂好好地活著
畢竟善良的你已走完了人生
妳在世沒享過一天福
十二歲便挑起家的負擔
除了努力進修
還要照顧年幼的我
妳除了家以外
從沒有自己的私心

二姐雖然妳走了
但妳永遠活在弟的心裡

第 664 首 . 尋找美麗的地方

我正想去尋找那些美麗的地方
和幾位好友一起輕鬆的走一趟遠方
去感受大自然的神奇與美妙
想在自認為熟悉的環境裡
留下一些最美的回憶
但在探索的過程中

（繼續第 664 首. 尋找美麗的地方）
卻忽略了最重要的方向
也忽略了身邊最美的自然

我一直都在努力的想把
空白的日記寫上
去描述一個夢想的地方
去聽聽一些朋友他們的心聲
但已離希望很遠了
他們為了實現一個理想
卻把身邊一些
不起眼的景像也忽略了
錯失了美麗的心情

這或許是無心的疏忽
但只要用心就能及早查覺
因為能及時把握住現在
也不算太晚
也還能來得及發現
一直存在身邊的美好
只因它還未曾遠離
就算晚了
也不會讓那些美景那些地方
從眼前流失
成為記憶中的遺憾
也不致等錯過時
才知道要重來的惆悵

第 665 首．祝福的故事

究竟你是什麼人？是在外面的呼喚？也可能只是外面的誘惑？我的心有點迷惘。

美麗的桃園，你走了進來了。

為何你不來找我，只是隨著熟悉的腳步，走向一片碧綠的草地，去欣賞朵朵野花的綻放。

你我從陌生到熟悉，跨越了層層的障礙；又從熟悉到陌生，了解禮的規範。

醒悟了勉強的妄想和錯誤的選擇，而你此刻追蹤的是什麼？為何對我如此多情。

我有時也害怕的背對著你，看著流水飄去落花的感傷，我試著撫平歲月的皺紋，手寫著人生的無常。

你和我本來是兩顆遙遠的星球，享受不同的自然，是無心的交集，拉近彼此的距離。

誰讓我們兩眼昏花，為何不能看清世俗的阻擋；保持距離地以禮相望，冷卻了多情的困擾，保有清純的夢想。

這是我鍾情的故事，我的光陰調整了一切。

為何聽不到你反對的聲音。不見你進一步的行動

你空空的行囊滿是灰垢，它沒有臉見你，一切變還是順應自然，它是從思想開始。

想起你的那些鼓勵，一場風雨吹醒我們的貪婪，祂不在天邊也不在海角，讓我們的心，冷得心酸與難堪。

你要緩緩向前改變行程。走出自己的理想，你要是積極的向前行進，去追求你的正常。

桃園開紅花時，你也不用繁忙，你在那兒休息吧，慢慢欣賞屬於你喜歡的綻放。

（繼續第 665 首. 祝福的故事）
我會為你祝福，守望著你的幸福。你若問我，我的感情怎麼滑落了；我會告訴你，將再一次解釋，一切合乎於禮的自然
你會看見一些東西正在消逝，我會告訴你，那是自然的淘汰。

第 666 首 . 清醒的夢想

你已從朦朧的夢中醒來
不再為消逝的年華嘆息
為什麼我還將自己鎖在
時間的日記裡？
我不曾後悔當初的選擇
夢幻的我
依然用微笑去面對未來
還是讓理智去尋夢
天空雖然朦朧但還是一片蔚藍

我的夢很沉重
但我已將猶豫的心房
輕輕的關上
不想驚動時間的無常
只想讓它遠離模糊的夢鄉
留下一段長長的空白
清醒我未實現的抱負

早晨六點的陽光
滿滿理想和計劃的光茫
讓我的青春也走出成熟的腳步

（繼續第 666 首. 清醒的夢想）
生命有了希望的溫暖
那麼就讓我們一起
奏響動人的樂章
唱出美好的心情
坦然接受起起伏伏的波浪
跳躍出自信的音符

第 667 首. 我們一起討論人生

我們在清新的涼亭裡泡茶聊天，欣賞四周花木扶疏，綠樹成蔭的優美景緻。
看見成群的蜜蜂和蝴蝶在花叢中，翩翩飛舞，並且聞到風飄來的香氣。
感受生活無比的浪漫與溫馨，讓我們懂得了一些生命的真諦。
今天的心情格外美麗，心裡滿是甜蜜；喝著不濃不淡的茶水，有一股溫暖瀰漫在我們的身體裡。
我們開始討論起人生，陽光燦爛的使人清醒。
談一些如何抗拒誘惑的話題，譬如金錢，美酒，以及佳人之類。

所有話題圍繞在你我之間，有時明知不妥的愛意，卻在難以抗拒的誘惑下，不自覺地陷入進去。
然後就在道德良知和輿論之間，不斷的被提起。
命運往往在我們即將走入歧途時，給我們當頭棒喝；又在我們自覺理虧，準備反省時露出一線生機。
無論怎麼克制，總是難以抗拒誘惑的 我們，只好保持距離。

（繼續第 667 首. 我們一起討論人生）

凡事：「非禮勿視，非禮勿聽，非禮勿言，非禮勿動」反覆的練習，離開是非之地。

排除非禮的念頭，放空情不自禁的大腦；讓愛遠離非份之想，讓誘惑收藏在正當的角落裡。

不正經的話不要輕易說出口，不要胡思亂想；也不能失去理智的觸摸。

把所有不正常的曖昧糾纏，以及剪不斷理還亂的情絲斬斷。

化成一個合乎倫理道德的基本修養，只要你我一起來做；你不誘惑我，我也一定會克制。

因為「君子之交淡如水，小人之交甜如蜜」。

所以我們會快樂，會找回幸福的真諦，而現在就開始拒絕誘惑吧。

第 668 首 . 悸動的心

讓那顆悸動的心
慢慢的向你的春天靠近
你可以擁抱陽光的溫柔
會有許多時間可以快樂
多少的花朵曾與你擦肩而過
錯在於它們的多情和苦果
讓它們離開時沾滿甜蜜的粉末
感受愛帶給它們的喜悅
在這個世界找到幸福的成熟

（繼續第 668 首. 悸動的心）
熟悉的笑容讓你看見更多的幸福
美夢和渴求的雙手在描繪完整的形像
你潔白美麗的溫柔吸引來飛舞的追求
生活又開始教育你：
真正的幸福和過分的憧憬的後果
剎那間抉擇已與往日不同
此刻窗外的花朵輕顫
不同的心情看不到真實的感受
過去的甜蜜都已褪色

第 669 首 . 我的靈感

我被靈感不斷地拋棄
我在孤單的角落
看著生活的陰影
失去了方向
卻又為了留下美好的形象
我被拋棄得更遠
影子變得更長

一條漫長的生活
彎彎曲曲把我迷糊了
一個偶然
被裝飾在新鮮的世界
向天空發出訊息
我被冷酷無情的文字嘲笑
被炫耀的是我收藏的過去

（繼續第 669 首. 我的靈感）
理想在現實中困難地行走
日子在追逐中傷心地掙扎
我被無助彎成錯誤的軌跡
做了危險的標記

只知道過去的希望還留著
揮舞著畢生鍛鍊的筆
坐在堅強的書房中
燈光下強烈的使命
情願跟空白來場競爭
讓智慧沿著我的身體向希望走去

第 670 首 . 重新找到他的光明

我能夠想像出
這是一個偶然的靈感
他已成為了故事中的人物
或者還在掙扎著
想脫離文字堆的陷井
而沒有成為現實中的傀儡

我期待得到這個靈感
然後寫下這個故事
一個流浪漢在文字堆裡遊蕩
他的卑微突顯了他的無奈
昏暗的月色和稀疏的小雨
讓他此刻的心躲在陰暗的角落

（繼續第 670 首. 重新找到他的光明）
我在偶然中
發現他孤獨的身影
無法接近他封閉的心
情節和場景
也在夜色中昏暗不明
我決定重新找到他的光明
決定寫下這個偶然的感觸

第 *671* 首 . 她擺脫不倫戀情的遐想

她身陷不倫戀情的遐想
情況也許沒有想像的樂觀
她迷人的戀情像流星
只帶給她瞬間美麗的希望
雖劃破她沉悶的孤單
但玩得正開心的時候
無情的迷網把她收了進去
讓她後悔的不能自拔
這瞬間的歡笑濃情已變淡
她們可能曾愛得起勁
但私下已擾亂了承諾的糾纏

一段神祕戀情給蒙上了面紗
在花前月下的影子已模糊
困難正飛離了巢穴
夢見家的羽毛凌亂的不知所措

（繼續第 671 首. 她擺脫不倫戀情的遐想）
起身做出完美的分割
在路上投下後悔陰影

她遺恨戀情不能常在
用雙手撥開了不倫的迷網
用理智的叫聲把遐想驅趕
讓花兒徒勞的綻放

她從此把陽光帶在心上
讓身旁的綠葉順利的成長
她在光亮的自然中醒來
教她於幸福之間選擇正常的成長
她已離開神祕的情網
讓心情圓滿地安靜下來
領悟自己的青春
已成了純潔的明亮

第 672 首. 感受夏風的柔情

是那裡吹來這清新涼快的風
它已吹來了光明和希望
同時也吹走了黯淡的烏雲
空氣中彌漫著溫馨的祝福
在夏天飄來渴望的氣息

（繼續第 672 首. 感受夏風的柔情）
風在千姿百態的世界中
擺出各種吸引人的嬌媚
讓生命吐露出新鮮的芬芳
散發出自然的香氣
讓我們跟隨風的腳步吧
穿越那人生的長河
感受美好的幸福空氣
領悟它帶來的善意

裝滿喜悅的風
只想為生命帶來滿足的樂趣
欣喜的在熱情的夏季裡
競相吹送
讓淡淡的幽香四溢
驅走了夏季的悶熱
讓喜悅的清新流進期待的心田
同時也招來可愛的蝶兒
快樂的飛舞

多情的蝶兒在風中飛來飛去
陶醉在兩情相悅的花季裡
想去尋覓希望的延續
而不被誘惑於美麗的外表之中
只用心採擷幸福的甜蜜

在微風輕拂的柔情中
讓翩翩飛舞的智慧

（繼續第 672 首. 感受夏風的柔情）
幫助我們
用持久的動力
成功的到達最真實的園地
享受著最自然的溫馨

第 673 首 . 我們是朋友

今夜這天空感動了我
唯有這片色彩
像你一樣的柔美
一樣的溫馨和自然
我要陪著你
讓你敞開你的心扉
接受我的關懷

我們都不曾有太多的承諾
去構築得如那色彩的繽紛
我們也曾理智的回頭
安全地走過那漫長而艱難的曲折
我們是朋友
在風雨中攜手
在患難中相扶持

因此我更願意讚美
你的純潔
欣賞你那熱情奔放的魅力

（繼續第 673 首. 我們是朋友）
你的善良
也是我所認同的追求
了解越多越快樂

我們自信而明理
抬起頭
走過這些徬徨的路口
然而我們的友誼不因此迷失
你看你的前途
我注意我們有沒有走錯

第 674 首 . 我們的緣已淡去

心中有愛
是我們精神上的依靠
但是我們是否想過
有一天我們會分離
夢想也會離我們遠去
這或許是我們的緣已淡去
拋開了勉強的束縛
了解友情的定義
即使我們跨越了這界限
也已筋疲力盡
那段記憶耗盡了我們的心思
離現實還有差距

（繼續第 674 首. 我們的緣已淡去）
我的知心好友
能在茫茫人海中與你相識
是多麼可貴的安排
我們守護著沒有色彩的諾言
可我已年老力衰心不從心
在歲月的蹉跎中
過著朝不保夕的生活
拋下一個空殼的美麗

但我終會回來為你祝福
共看明月常缺的夢
在茫茫的未來裡

第 675 首 . 你的多情

你在害怕什麼？
撒謊也許更難
但也許只是一時的誘惑
就像你注視著情人的眼睛
在一座幸福的家園裡

她才三十多歲
散發出濃郁的芳香
像花朵的綻放
圍繞在你身旁

（繼續第 675 首. 你的多情）
她的名字叫美夢
你就在那座家園裡
接納她多情的開放
只是欣賞

第 676 首 . 你理想的光明

你夢想的天空
竟然變化得這般美麗
你誘人的詩句
正遐想出篇篇的美景
可你怕的世界
卻因此停留在妄想的空間
還沒欣賞就吐露烏雲的難題

遐想的天空有點曖昧不明
讓你難以捉摸的陰晴不定
你不怪上天無情的安排
可你向來的自信已隨風淡去
你只有走出猶豫的心靈
才能領悟無常的道理

就讓你自己懷抱好自在的心情
像一首首纏綿的好詩句
找回往昔美好的用心
重新開始經營好自己的天空
在陽光裡飛揚出你原來的光明

第677首.領悟的愛情

世間的男女情愛
有多少人能看透
收穫了多少結果
一個愛情的故事
總是會令人感動

許多完美的幻想
在你我的心裡頭
可是誰肯說出口
是希望的真情愛
還是精彩的折磨

故事的發生在你我的左右
從一見鐘情到暗示的形容
喜歡他的溫柔花一樣的笑容
聲聲的呼喚是受不了的心動
想他想到夢裡頭為愛來守候

這些情節發生的並不奇特
只要愛得正當別沖昏了頭
有些情感不能碰也不能想
想多了會迷惑會意亂情迷
要明瞭愛情可貴不可強求
別做出了傷害無辜的舉動

第678首.清醒

就讓我從美夢中醒來吧
再多的夢
不過是妄想
不過是泥濘不堪中的掙扎
再多的掙扎
不過是傷痛中的患得患失
放下是讓我清醒唯一的路

第679首.你照亮了我心房

你打開了燈光
趕走了黑暗照亮了我的心房
我已看清楚了自己的處境
以前失去的奢望
現在也不會去想
能用這樣的心情
就不會受環境影響
不論黑暗多麼可怕
只要有勇氣和希望
就能在迷茫中找到
覺悟的光茫

我要反省
一些事情
改進我的缺失

（繼續第 679 首. 你照亮了我心房）
這個世界給了我希望
現在你照亮了我的前方

就在今夜
你祝福的愛
留在我的腦海中
你原諒我知錯能改
讓我堅強的改變了未來

在黑暗中摸索了困難
才知光明的珍貴
謝謝你給我帶來
友誼的曙光
使我在黑暗中
看到光明的希望
在虛偽中看清真實的善良
在友情中看見人性的光輝

謝謝深夜的書房、書本、
電燈、紙筆給我智慧之光
它們雖然不語
但它們始終是默默的獻出了愛
給了我熟悉的光茫

第 680 首 . 領悟了無常

在高高的藍天上
我終於學會
放慢了飛行的翅膀
我暫時無法飛到
你所希望的風光
我只能用高飛的心
去貼近你理想中的雲彩
讓清醒的大腦
在風雨之後的飛翔
獲得覺悟的方向

大雨過後
總以為眼前的蔚藍
是理想和希望的天空
而白雲也和以前
一樣的單純簡單
但它有時也會變化無常
增加了灰暗的情緒
只有增長自己的智慧
經過覺悟的思考
再到醒悟的改過
才能在最後的實踐階段
領悟人生的哲理
明白生命中的苦難
和必經的折磨

（繼續第 680 首. 領悟了無常）
現在我只能堅強的
面對和接受
因為我已領悟了無常
祂才是我生活中原來的堅強

第 681 首 . 不知老而忘憂

現在沒有涼爽的心情
太陽已曬乾了心中的花朵
美麗也消失
我已無能為力
也沒有憂傷
只有順其自然
寫寫詩
散散心
照顧好家裡的花草
修身養性
不知老而忘憂

風好輕鬆的遊蕩
快樂如我
雲好像躲在太陽的背後
等待情人的吹送
好安靜的舞台
好期待的天空
時間在這裡隱藏

（繼續第 681 首. 不知老而忘憂）
我呼吸著難捨的芳香
懷念黃昏中的秘密與瘋狂

想像一個黃昏的心情
浪漫消失不見了
在等待幸福的鐘聲裡
把希望當成美麗的風景
讓思想在平凡的空氣裡呼吸
也讓青春適時的放下負擔

第 682 首. 讓你更了解我

苦澀的咖啡清醒了我們的夢
夜已深了
你仍不斷為我鼓勵加油
風有點涼
心裡有點熱
再喝杯咖啡吧
讓樂觀的你更了解我
讓你的明天或許不再是疑惑
因我們終於懂得了接受朋友
以心中的坦誠來面對生活

我是來自風塵中的一粒沙
隨風大起大落
經過你的眼前
是那麼微不足道的渺小

（繼續第 682 首. 讓你更了解我）
孤獨的文字是我漂泊的夥伴
一首瀟灑的詩正解脫庸俗和孤單的我
我唯一的堅持是說服人生的認同
我期待的支持者是所有生命的過客

第 683 首. 我要找一個安心的入口

為什麼
時間又一次敲醒了我的生活？

因為
我只想伸手觸摸身邊可愛的夢
只想去找尋一個安心快樂的源頭
可我得堅強的面對不同的坎坷

為什麼
多年來我在冷陌的城市
看不到陽光熟悉的笑容
對一些無情的應酬生厭
讓昏暗不明的人生失落？

因為
面對無數虛偽的做作
只有讓得失自然的放鬆
等一個關心的問候
也不要讓自己失落

（繼續第 683 首. 我要找一個安心的入口）
諒解融化的友情
需要忍受寒冷的傷痛

為什麼
讓這些日子就這樣悄悄的溜走？

因為
我只有翻開一些書的智慧
要找出一個安心的入口
等待情感真摯優美的詩歌
從我身邊經過
讓我妝扮成陽光的笑臉
走出黯淡的生活
讓冷靜的夢
接納我觸礁的心痛

第 684 首 . 你們的成熟

你們說了祝福
我選擇了快樂
你們說了鼓勵
我選擇了振作

你們爭相安慰我
以行動來支持我
是我迷茫時的光明

（繼續第 684 首. 你們的成熟）
以一顆真心溫暖了我
令我感動

你們有萬般柔情湧入我心頭
卻從不要求我的承諾
讓我了解承諾不是負擔
而是一種快樂

你們讓我了解
努力的成就非必然的收獲
是心裡的感受是甘美的源頭
你們欣賞花朵的誘人
卻不迷戀於它的美麗
看它自在的舒放
且作多種燦爛的微笑
了解人生雖短
更需要這種美麗的成熟

第 685 首 . 你的浪漫

假如把你的浪漫
寫入一首歌中
那音符跳躍著輕快
就顯得美妙了

（繼續第 685 首. 你的浪漫）
你想像的音符
譜出天真和自然
你想唱出的心情
是首首悅耳的祝福
你想舞出的理想
是曲曲神采飛揚的自信
你從不在乎人生的起起伏伏
也不計較位置的高高低低
只想快樂的歌唱

你正想為我唱出
你心中的祝福
讓我融入你歌聲中的浪漫
為你寫下一首首美妙動聽的歌
讓你在人生的舞台盡情的歌唱
每一首都閃爍著你希望的光
每一場都閃耀出你的浪漫

第 686 首 . 你傳來的歌曲

這是一個心動的日子
你優美的歌聲在我耳邊響起
婉轉動人的真情流露出你的含蓄
聽你那誘人的旋律 美妙得令我陶醉

（繼續第 686 首. 你傳來的歌曲）
我本聽到是不遠處
小鳥送來的歡喜
和清脆悅耳的自然旋律
是你帶給了我
一整天的好心情
感動了我的思緒

看著路口的早餐店
幾桌幸福甜蜜的臉孔
我輕鬆地走進點份早餐
依靠在窗邊
只為能和陽光打個招呼
聽著你傳來的音樂
喝著清香的紅茶
和快樂的假日甜蜜的私語

你約了時間等會要走？
請等我的遲疑行嗎？
我的腳步已明白了熟悉的路口
我可以不停的聽著你的歌
想你給我的祝福

當遠距離阻礙了我們
你可以錄下你的聲音
轉動著你想念的心跳的頻率
唱出浪漫的歌曲
在心動的歌詞中傳出訊息

（繼續第686首.你傳來的歌曲）
傾訴你一生的美麗
是一首祝福人生的歌曲

第687首.愛的信仰

愛是一種默默的支持
讓生活有甜甜的期待
愛是一種美好的信仰
讓生命追求出完整和自然

祂帶給我們最甜蜜的希望
讓我們 既歡喜又期待
祂教我心中充滿愛
讓我們有快樂和幸福的未來

祂最常說的愛
像風雨
常會飄灑出真情
滋潤我們心田
照顧我們成長
不讓我們受傷害
愛就真的像風雨
祂似無情又有意的
傳來希望的關懷
同時滋潤我們
也考驗著我們的堅強

第688首.繼續寫詩

繼續寫詩
是我目前堅持的初衷
可以讓完美的詩句
瞻前顧後的設想人生
為此我得花費很多心思
讓時間在想像中靈活
青春也在創作中有了寄託

我常探索著人生的困惑
思考該如何寫下熟悉的認同
也常環顧茫然的四周
去尋找足夠的感動
希望有下筆的智慧
寫下優質感人的創作

我常煞費苦心的思索
讓自己有冷靜的空間
用心的調整好 文字的用意
把道德的完美明白的訴說

讓無關緊要的美詞妙句
輕輕飄灑出喜歡的浪漫
解釋未被理解的迷惑
令大家的思想都能開通
讓久藏於我心的成熟
寫下讓世人欣賞的創作

第689首．美好的轉機

所有冷漠都不致使我放棄努力
原是堅強的我承受得住失落
只有放棄了妄想的誘惑
才有好的選擇
才有希望能持久而不衰退

我再靜候一個故事滿意的呈現
我經歷許多苦楚
終於領悟了其中的奧妙
明白了：
有一種努力盡力比保留實力的好
有一種成功勇往直前比三心二意的好
有一種失敗反省比逃避的好
有一種安排週詳比應付的好過

我終於出現在美好的轉機中
和正確的趨勢裡
讓許多挫折隨著時間來考驗我
命中註定不能的逃脫
疾病和衰老也來報到了

選擇知足或強求？
我只好戒慎恐懼的全力投入
踩著荊棘和落葉緩步向前
進入那真實與虛偽的世界
看透貪婪和嫉妒

（繼續第 689 首. 美好的轉機）
面對著奢侈與貧窮
那是我一生的難過
那是又一次的試探我
我只能忍受成功的背後
是難堪的寂寞

第 690 首.喜歡您的祝福

喜歡您
每天的祝福感謝有您
謝謝您
每一天的支持和鼓勵
常想您
在我失落時的關心
在我傷心時默默的陪伴
讓我感動的不能自已
讓我相信只要努力
沒有做不到的事情

常看您
傳的訊息滿滿的甜蜜
知道您
希望我永遠幸福快樂
我像擁抱到了春天的溫暖
慢慢的甦醒了充滿活力
與希望相約與自信共舞

（繼續第 690 首. 喜歡您的祝福）
感受著幸福的溫馨
打開了美麗的心情
飛揚在您的濃濃情誼

了解您
給予我的友情
是真誠的牽掛
是無微不至的關心
是不求回報的愛
讓我回報您熱愛朋友的真心
讓我也祝福您天天開心
身體健康萬事如意

感謝您
對我的不離不棄

第 691 首 .「對」活著就有希望

消極的空氣呼吸著悲觀和感傷
等待積極的活力長出新綠
「對」活著就有希望
無論發生什麼問題
無論經歷多少風雨的打擊
它從來沒有放棄自己
這卑微的生命
在「對」的環境中成長出

（繼續第 691 首.「對」活著就有希望）
一朵特別的清香
讓人心曠神怡

「對」正是有這清香
讓我更懂得珍惜
也正因為我珍惜生命
才能明白天空的多雲
讓我看到了希望的日出

「對」正是這活力
讓我更懂得積極
雖然過著粗茶淡飯
但我從來不會想要放棄

「對」活著就有希望
應該做些有意義的事
報答父母的含辛茹苦
感恩他們給了我生命
讓我活出快樂的自信

第 692 首.帶我看清了遠方

幾朵花那麼美
美得令我心情舒暢
在寂寞裡沒有這樣的遐想
在孤獨時我的窗被關上

（繼續第 692 首. 帶我看清了遠方）
在模糊和昏暗之間
你出現在我身旁
帶我看清了遠了

現在我要用心欣賞
看更多的自然風光
去欣賞
玫瑰的含苞待放
樹木繁茂的衣裳
徜徉在一陣微風中
數著湖面蕩起的波浪
心情像天真快樂的小雨
灑下快樂的音符
譜出雨中美麗的歌唱

當我向一朵花讚美時
我才發現我也曾一時的風光
當我面對坎坷而繼續前進時
我才發現
我已經成為別人眼中的希望
當我對於美景讚嘆和驚呼時
我才發現
你已無憂無慮的
看清遠方的燦爛

第 693 首 . 人生像首詩

人生像首詩它很好也很美
且妙得令人難忘
它正用心來描寫生活的嚮往
浪漫了生命中的點點滴滴
讓每一天都是甜蜜溫馨
每一刻都充滿詩情畫意

它讓我們有好心情
過著健康、幸福、美好的日子
它讓我們了解
生命是需要不斷的努力和用心
從出生的那一瞬間起
它就已經替我們選擇好了
幸福的方向
它正在我們心靈深處
等著我們用心的去領悟

領悟它
能讓我們的聰明才智
發揮更大的想像空間
奔向理想的遠方
實現人生的價值和希望
它在我們心裡憧憬著未來
使我們生活充滿希望

第 694 首.迷惘

路上吹來幾乎能傷透心的風
天空飄著迷茫中無助的雨

寒冷中失落了的黃昏
仰望著遙不可及的絢麗

孤獨中歲月的眼睛
蒙上了風塵
看不清
夜空的美麗

第 695 首.讓理智戰勝了感情

你瞧理智終於戰勝了感情
脫離了情感的囚禁
傷心的早已離去
當你面對問題時要冷靜沉著
不能感情用事的失去理智
也不要讓生活裡擠滿矛盾的情緒
避免有色的眼光去招惹誘惑

你瞧花花世界眼花撩亂
終於懂得了拒絕路過
節制著不使意志墮落
看清虛偽的笑容

（繼續第 695 首. 讓理智戰勝了感情）

放下無知的妄想
讓彼此幸福的未來
有著不受傷害的距離

我們是禮義的忠實聽眾
避免不切實際的幻夢
接受良心道德的勸說
時時注意我們身邊的批評
了解正在變化和褪色的生活
有時要經過這輿論的旋渦
誠心遵守「合理」的約束
抱著懺悔的虔誠
走向理智的成熟

第 696 首 . 領悟新方向

在新鮮熱鬧的廣場
有許多放飛的遐想
但你總有一些陌生
和一些嚮往

只要你能接受
新觀念而改變
把有意義的收藏
讓不正當的吸引
停止對你的糾纏

（繼續第 696 首. 領悟新方向）
也不讓它在
你身旁駐足圍觀

那就能讓你的想法有遵循的方向
也能回顧你陽光的純潔善良
向那新的氣象、新的呼喚成長

第 697 首. 失落又何妨

何必讓自己一個人
無奈的走著？
孤單的穿越了
冷漠與輕視的路口
找不到熱情的笑容

失落又何妨？我不會傷心
我了解朋友對我的關懷
也想讓朋友知道了
我的寂寞
我只想說我想念朋友了

每當夜深人靜
我會拋開所有的失落
去想念一個幸福的春天
不讓心情陷入誘惑

（繼續第 697 首. 失落又何妨）
讓幸福的火苗可以
向四周快樂的蔓延開來
去照亮每一個黑暗中的失落
並且不再因為害怕失落
而讓自己身陷妄想的困惑

第 698 首 . 陪伴幸福

讓我
陪著你從晨曦中慢慢醒來
迎接多彩多姿的生活
打開溫柔的和風
吸引了群鳥唱出
祝福的歌曲
輕輕的飄過
花香四溢的真情

守著你
月光下浪漫的身影
優雅自然的攜手共進
聽心情舒暢的綿綿細語
看天空拋卻煩惱和憂傷
感受幸福灑下的快樂和芬芳

跟隨你
放飛快樂的幸福

（繼續第 698 首. 陪伴幸福）
呼吸清新的空氣
是我甜蜜的選擇
想你是我一生的伴侶
經過多年的努力
仍為家忙碌的辛勞
不捨你累壞的肩膀

第 699 首 .記取失敗的經驗

我願意把每一次的失敗
都視為必然的經驗
讓我們都能在失誤中
發現了過錯
發現原來只有
先反省自己的疏忽
同時也看清楚對方的困惑
才能知己知彼的輕鬆度過

讓我們堅持一開始的初衷
踏出原有的奮鬥
在失敗未完全解決前
用時間來改進一切

讓我們像太陽一樣的
早出晚歸
努力的繼續掌控

（繼續第 699 首. 記取失敗的經驗）
跨越阻礙的門檻
排除困難和挫折
走向正確的成功之路

讓我們封住所有失敗的缺口
阻止痛苦和失落的發生
用所有時間來檢討每一個步驟
在極為重要的地方
留下經驗的標記
加深穩定的效果

第 700 首 . 人生的比賽

如果讓生命是一場堅強的比賽
你將跑向何方？
不知道什麼地方是終點？
你只有向前跑出希望
沒有永遠的勝利也沒有永遠的失敗
許多人將超越你你也將超越別人

或許你累了你將停下來
你會有落後的惆悵？
如果比賽的時間驅使你不斷的向前
你只有放下負擔才能輕鬆自在
人生的比賽有好有壞
只要用心的向前就有希望
跑出你自己的目標

（繼續第 700 首. 人生的比賽）
你不用在意輸贏
你要有運動家的精神不斷挑戰自己
讓人生的比賽是場問心無愧的競爭
好好的努力跑出自己的成績

第 701 首.重新敲打的火花

重新敲打的火花讓我看到了希望
呻吟的靈感在吞噬我的優柔寡斷
我將部分進行理智的以道德為依據的修改
讓曖昧不明的文字飛過閃爍的獨斷
在現實中清醒而不再迷惑避免有心的追趕

天生的作家卻喜歡坐在冷漠的書房
乏味的思想在一次次拍賣中
使商場的人潮爆滿變成熱鬧的希望
而現實中的我卻孤獨緊張
堅強的臉孔是我的妝扮自信使我獨來獨往
懦弱的拒絕常和我交戰
閃爍的文字已在我心裡氾濫

如果你想像我的詩
你將看見我心最善良的地方
一個理所當然的文章
一個瀟灑自然的滄桑
由衷打起精神對你小心的提醒和祝福

第 702 首 . 他網路情人的幻想

追求一個網路時代夢想的實現
他對於愛情的渴望或許像山上神祕的花園
在他天真的內心深處幻想
像一隻心愛的蝴蝶飛過
他愛牠美麗的翅膀 像春天的溫柔

他讓牠在他身邊邊飛舞
讓牠不時停下採擷他身上的花蜜
像他一個心動的情人
每當牠從他身邊飛過時
他心中如有甜蜜滲入心湖裡
激起他心中的波瀾

速食的愛情已被沖昏了頭~常在網路上發生
假如他對網路的戀情有羅曼蒂克的想像
已使他在追求的理想中掉進了戀情的迷茫
把愛和喜歡當做隨便說說的遊戲
或許他會遇到一些欺騙感情與金錢的有心之徒
為此他只有多了解和注意並保持安全距離
把正常的心態調整過來避免痴心妄想
才不致人財兩失的賠了夫人又折兵的

第703首.你走出理智的自己

你站在徬徨的中心
距離有指示的標示還不算太遠
天空黯淡
連路樹的搖擺都失去了信心
這是灰心的天氣
情欲與理智掙扎的天空
怕就在這種無知中沉輪下去
多可怕的黑暗多麼貪婪的情欲
你只有認清是利或弊
才能走出迷惑的自己

徬徨的道路你我都曾走過
看前方的光明就在眼前
無知的未來也已經換了標示

用心的目標就在前方
希望的路口也綻放出光明
一個多情的戀人
還妄想著在幸福的路上
以花俏換得了美麗
最終到達的目的只能有
一個正確的入口
走出理智的自己

第704首.自然的嚮往

這誘人的氣息
使人無法抗拒
心裡的嚮往
在遐想時變得更加璀璨
以至想到了
自然之間的豐富多彩

來自身旁美麗的風景
逍遙的發出滿意的呼聲
略帶興奮的口氣
在表達自然的嚮往

在這環境優雅、自然、
還有涼風陪伴的生態
清新而舒暢
幾近無人的四周
花香鳥語大地春回
不需要刻意的追尋
就能環顧四周的翠綠
享受著美好的風光
聽自然的聲音彈奏好輕快
這美好的天地
似乎畫出一幅圖畫

第 705 首.他的愛很痛

他的愛很痛
漸漸退出這場不倫之戀
走入陽光輕灑的綠洲

茫茫地他的心很亂
在他記憶裡留下
一道道苦澀與甜蜜的痕跡

走出傷痛的他
終於打開模糊的窗口
讓愛退出到原來的角落

第 706 首.相愛情未了

他們的愛不會陌生的
也不會只是短暫情緣
這或許是他們平常的相處
彼此間很少爭吵也很少埋怨

他說他們~相見恨晚
他也說她不夠堅強
但她為愛決不退縮
也不怕相隔遙遠的阻礙
不會為愛昏了頭而陷入愛的漩渦
她追求他的愛永不變，不會讓他委曲和受傷害

（繼續第 706 首. 相愛情未了）
他們經得起考驗嗎？
或許他們前世曾經相愛~今生為愛來續前緣？
這情債很奇妙想躲也躲不開
又或許今生沒還的~來生也要還？
唉呀！我看是:「他們餘情未了吧！他們要結的是善緣，而不是造孽緣。他們要心心相印，才會幸福美滿。他們不能再苦戀了~才可以快樂的為愛好好表現。他們餘情未了，只能盡心和隨緣」。

第 707 首 . 你關心我的生活

你說你關心我的生活
希望了解我
我說我只是個平凡的人
沒有什麼特別的出色

我只希望能在工作中
體會人生的價值
在壓力下放鬆心情
在生活上怡然自得
我在平常的生活也淡泊
過著食無求飽
居無求安的知足日子

樂觀是我與人交往的執著
勤勞是我希望的源頭

（繼續第 707 首. 你關心我的生活）
我每天把生活過得自然輕鬆
因為我已了解熱愛生命的美好

我願像朵花的自信綻放出快樂
在家庭承擔起甜密的責任
飄香於浪漫之中
鮮艷的執著於安定的喜悅
且沒有非份之想和招搖的誘惑

在歷經多少風雨飄搖之下
陽光的飛舞中
在夢想裡開花結果
用一種最認真的活力
成熟了香甜的收獲

第 708 首. 我所知道的愛情

醒了好友們早安
我不知道「所謂」愛情像什麼？我也「不太懂」大詩人「徐志摩」浪漫的愛情。
我只知道每個人的愛情是快樂的。
沒有快樂那算愛情？
我認為愛情是一種遐想，是雙方內心的一種認同；一種相互的依靠，一種寄託，一種期待和彼此坦誠的信任。
它不需要太多的甜蜜謊言，也不是多情的爛桃花，更不是妄想的　求和不倫之戀。

（繼續第 708 首. 我所知道的愛情）

它是以經濟、年齡、身份、地位、思想認同和禮義倫理道德為基礎，來做思考和斟酌的。

我們追求的愛情，最好不要一味的盲目和痴心妄想，也不要只有情慾和貪婪的性，這樣最後的結果，才不會變成破滅的苦戀。

許多愛情的故事並不完整，在不完整中才能慢慢地去體會去改進，去思考有沒有違背禮義和強求。

我看了很多屬於愛情方面的詩，他們所寫的大部分都是失去了愛，然後~懷念~想挽回造成心裡的痛苦。比較少的是能把愛情，做正當的描述。

我希望大家都能了解愛情，把愛情的迷惑寫出來，讓大家做參考，然後快樂的面對。

第 709 首 . 我願相信自然的美

我願相信自然的美~讓
所有的光都燃起了希望
所有的人都嚮往著美滿
所有的祝福都開出美麗的花瓣
我會適應著滋潤自己~乾涸的心靈和接近樂觀
讓所有心情都保持自然的美
我寧願相信祂是一種自然美的現像
也不願揠苗助長的適得其反
只有真心的對待所有~才能讓自己順利和自然

（繼續第 709 首. 我願相信自然的美）
我會發現自然的美
發現所有人都排隊，排滿幸福熱鬧的街上
像一條彎彎曲曲的長龍前進著
蠕動它自己的身體到幸福的地方
這算是一種需求，它包含了各種消費
在我欠缺又想買回時不惜的代價

我想適應自然的美
出現在熟悉熱鬧的街上想遇見熟悉的好友
但我只看見好奇的影子在跟隨
而我排在日正當中火熱的身體~卻一點一滴融化
我只有忍受酷熱的考驗 但我希望能自然的走入涼爽

第 710 首. 了解人生的真相

我走過極端走出未來
「醒在」追求人生的希望
「好在」拒絕誘人的色彩
「樂在」了解人生的真相

一張誘人的希望帶來飄渺的夢想
企圖接近我和改變我幸福的初衷
朝思暮想的迷惑著我的人生
並向我拋出迷人的假象

(繼續第 710 首. 了解人生的真相)
多少次我拒絕的掙扎並長出了堅強
仍無法脫身也難以自拔
求助過考驗我的風雨~祂~也束手無策
我只有堅守著善良的初衷和原來的理想
並做出反省來改善
才能讓我放下無端的煩惱來了解人生的真相

第 711 首 . 一個故事的警惕

他在寫的一個故事
有點不完美但有點警惕的實際~
他想告訴我們不要有非份之想
也要能懂得克制自己

故事的發生從網路聊天室開始
一些羨慕和祝福成了主要的話題
話題中
有表達的愛意
有喜歡的言語
就這樣開始陷入了不倫的網戀

談話中有越來越深入的情意
造成兩個人的心裡
有一種微妙的關係
想進一步的發生美好的友誼
但也知道這是不道德的不倫之戀

（繼續第 711 首. 一個故事的警惕）
會造成兩個家庭的傷害
會為對方留下汙點

每天在情慾與理智中掙扎
想也痛苦不想也難受
最後還是選擇了
用工作的忙碌來忘掉對方
用善良的友誼走來出自己
只有選擇了不見面
就不會情不自禁也不會做出
有違背倫理道德的~不倫之戀

我們也要以這個故事為警惕~才能迷途知返

第 712 首. 領悟了迷惑

從此後
你發覺的人生已不同
希望的風景已有了正面的山明水秀
旁邊圍繞的日子也變得美麗活潑

許多的心情已悄悄的滿意了生活
面對迷惑時也能自在的心安理得

你說的話
已非昨日的模稜兩可

（繼續第 712 首. 領悟了迷惑）
昔日的冷漠正慢慢的親切中
因為你已領悟了自己的迷惑

第 713 首 . 簡單的詩

許多人看不懂詩，其實詩很簡單
它不是說教，也不是猜謎語，更不是模稜兩可的描述。
在我們身邊的人事物，或風景或自然，只要細心觀察也可以當詩來欣賞。
平時我們也可以用好的靈感，用婉轉的比喻把~人生的道理~寫入詩中。
一般我寫的詩較長，是用隱喻法，不是說教法。而說教法的文，不能稱為詩；只適合稱論文或散文。
若只談個人心情的文也不是好詩，因為它缺少了教化人心的意義。
我認為寫詩要有：
人生的體會，能解人迷惑；再以自然比喻法或擬人法來暗示道理的，才有詩的意義。
就像古詩經一樣簡單自然：「詩三百，一言以蔽之，日詩無邪」。就是這個簡單的詩，能發揮詩的偉大思想。共勉之。

第 714 首 . 無心的失言

無心的話脫口而出怕引起你不必要的誤解和困擾
詞不達意的表白也讓這空氣有點沉悶

（繼續第 714 首. 無心的失言）
希望能經過一番明白的對談好好的溝通
讓我倆可以盡釋前嫌的言歸於好
所以想和你說說閒話聊聊家常表達對你的關心
用快樂的氣氛來動之以情

我曾感慨世態炎涼 想起落難之時
你曾對我的幫助
你跨過溪流前來助我一臂之力
在急流中臨危不懼
如今還記憶猶新的歷歷在目
而現在我被迫於生活的無奈
也無法為你帶來多大的助益

無奈在猶豫不決的時間面前
我慘淡經營的人生卻屢屢入不敷出
心裡的苦悶難以言表
無心的失言 造成覆水難收的遺憾
希望你能見諒我會謹記慎言
不會再傷你的心

第 715 首. 領悟自然的風氣

自然的風氣
吹動了善良的心
吹開純潔的友誼
在我們眼前吹來實際

（繼續第 715 首. 領悟自然的風氣）
也吹走一些想像的障礙
並吹進了道法自然的氣息
讓我們微笑得 沾滿了法喜和妝扮著自信

當我們看生命的光暉 照進了傾斜的圖裡
祂隨後吹起單純的畫筆 小心的畫出自然的美麗
讓失落的環境漸漸遠離 並吹近了月光照亮了我們的光明

祂該有的風光被安置在空虛的氣場裡
但祂對前途和方向仍保持著冷靜
當我們看不清遠方的風氣 失去了光彩和亮麗
和晚景也充滿了神祕時
是祂在幫我們吹散疑慮和吹離迷惑
使我們能了解現實的差距和因果循環的道理

第 716 首 . 你光輝的形象

唯有你光輝的形象時時存在我心中
想你瀟灑的臉孔穿著依然樸素
言談舉止之間流露出一股氣宇非凡的風度
像一棵青松傲然挺立在風雪之中

你常送來的祝福和鼓勵為我~種下~理性的光輝
幫助我去除一些~紛擾~並解決了~危害~
留下最適合生長的環境讓我慢慢的成熟
我已從現實中悄悄的學會優雅的風度

（繼續第 716 首. 你光輝的形象）
在春風裡搖擺出輕快的舞步
在微微細雨中散發出淡淡的清香

又一些迷惑接近我的生活中
在腦海裡盤旋在夢中徘徊，沉入失落之河
但我維持我的風格已影響了時間的顏色
使陽光變得明朗許多
任憑環境如何的變化我也要自覺的遵守
不能違背了初衷
今天
我已能就此和外面交流出感想

第 717 首. 我把人生當工作

默默回到書本中心，冷靜的思考再次探索

那些做夢的詩篇發著多愁善感的牢騷
站在我的面前訴說著
他們的靈感來自不同的生活
飄蕩在不滿的空間離我不遠

我喜歡寫作喜歡助人喜歡幫人解說煩憂
我希望我的詩能助人打發時間和找到人生的樂趣，我善良的心田沒有雜草，我對筆耕每天都很勤勞，我的思想沒有汙染，這裡每天都有陽光的溫柔

（繼續第 717 首. 我把人生當工作）
我全年無休
因為我把人生也當成是一種工作
有空時也會出差去考察不同的生活

第 718 首 . 領悟的快樂

讓我們逐步的領悟修道者的經驗與智慧
成就我們生命中最大的快樂

人生旅途中不可缺少的是愛
所謂的愛不只是自私的佔有
還包括
我們對社會的付出、對父母妻兒子女的親情以及生命的責任
只有樂善好施不求回報 才是人生最好的財富

讓我們成功的踱到慈悲的彼岸去吧！
不論路途如何遙遠曲折
還是荊棘中被風雨吹落
開出的花依然是純潔可愛的顏色
讓我們種下善根 一心為眾
快樂的光彩會照亮四周
法喜之光也會燦爛了生活
讓悟道的人生解釋我們領悟的快樂

第 719 首 . 我把自己做適當的比喻

我把自己做適當的比
想像成有用又實際的寶貝
我把自己當成一塊璞玉
當成是資淺而未經琢磨的人
讓自己有磨練的經驗以降低被埋沒的機會

我把自己當成一條路
讓通行的人沒有障礙的歡呼
可以在上面輕鬆的散步
可以經過溝通的橋梁連接更多的前途
我期待兩旁舒適偉大的建築
希望大家能找到更好美的出路

我把自己當作是一陣風
想著如何輕鬆和自在的吹拂
吹走模糊的惡夢 吹醒驚魂未定的羞澀

第 720 首 . 了解朋友的內在（散文）

朋友從一開始的交往，也不是全被對方的外貌，所吸引；因為一個人的外貌，也有可能經過精心化粧，美化而來的虛有假象，但這不重要。
我們在意的是他的內心;假如內心有偏差，再怎麼美麗，也可能只是恐怖情人。所以內在美才是重點。

（繼續第 720 首. 了解朋友的內在（散文））
記得有一個朋友，他喜歡管我，剛開始我也覺得有點奇怪，不能接受；後來我漸漸地習慣了他，總覺得他說得有理，也全是為我好。
慢慢的我有事也會想問他的意見，他都毫不保留的，理性分析和開導；像良師益友的坦誠，也把心裡的話全告訴了我，讓我很感動。
回想那些日子，他對我的關心和照顧，令我感動不已。雖然我們也曾爭執過，但我發現是我不對；他都是為我著想，所以我便漸漸地對他有好感，也有了依賴。
這種感覺不是三言兩言就能交代的，是內心的敬愛，一種知己的關懷；像伯樂對千里馬的賞識。
他讓我看到了他真實的一面，坦率誠懇，我內心不禁對他崇拜，但我也有自己的優點~自然而不做作，單純得沒什麼心眼。缺點就是有點自以為是。
他說：「你有點糊塗，你也不夠勇敢」，讓我解釋我的勇敢。我說：「勇敢不應是任性的霸佔，和惡意的傷害；它是勇於面對現實，和解決了困難，它不是不負責任的搞破壞。也不是放棄了原有的計劃逞一時之快，和漫無目標的盲目追求。」
我說完了，他笑了一笑說：「你終於懂事了」
然後又說了些鼓勵我的話，要我記住。
他說他很忙，叫我自己照顧好自己，有事改天再談。

第 721 首. 放空自己

我將貧窮的思想包袱拋棄
放空自己

（繼續第 721 首. 放空自己）
從此不願再煩惱它
在理想的陽光面前
收集了閃爍的明亮
並敲進希望的輝煌
讓智慧的光茫照亮前方

我將煩惱和執著的牽掛放下
放鬆自己
從此引以為戒的看空它
在完美的人生面前充滿鬥志
不再迷惑的追求理想
在挫折中繼續前進困境中找到希望
在努力下到達成功的彼岸

我知道將來要面對的黯淡
但我仍以希望的手拿起畫筆
描繪出美麗的壯觀

第 722 首 . 不要帶著痛苦離開

不要帶著痛苦離開
這人生還有什麼比這更傷心？

欣賞花開花落花凋零
是多麼自然的美麗
它從沒有遺憾的離去
花開的日子雖然短暫

（繼續第 722 首. 不要帶著痛苦離開）
但美好的記憶卻常在心裡
它無聲的來也無聲的去
把苦澀的折磨留給自己
堅持到最後的凋零
結成甜蜜的果實快樂的離去

它綻放開自己也付出了真情
只為一個快樂生命的延續

第 723 首. 我的委屈

我希望能從誤會中 得到真正的諒解
進而彼此欣賞敬愛 變成惺惺相惜的好友
但我不知道是何原因的誤會
使原本友好的關係瀕臨破裂
讓單純的事件節外生枝變成相互的猜忌
並惹出了無謂的爭議
讓向來親密的心靈拉遠了距離
且懷疑彼此的動機
使一切在恐懼和惡夢裡痛苦掙扎
且害怕對方會突然無情的離去

我知道現在再說什麼也沒有了意義
兩顆背離的心早已厭倦了哭泣
得不到的認同和諒解使心裡苦悶著唏噓
放不下這份珍貴的感情每日惶恐不已

（繼續第 723 首. 我的委屈）
我問時間能沖淡這份 曾經的誤會嗎？
有什麼能挽回這份情感？
我想只有各讓一步的謙虛
並找出適當的理由和時機
才能坦誠的解決了問題
讓重新解釋的訴求設身處境的為對方著想
讓彼此有個好台階下
好好的再給對方一次機會
珍惜再一次良好的情誼且為對方再次的鼓勵

第 724 首. 我的朋友不多

我的朋友不多
真正會關心我的朋友也不多
可是我對朋友還是會真心的對待
我對朋友的祝福不少
被我讚美與鼓勵的朋友也不少
可有的卻沒有把當我回事
我也不怪朋友 當我傻吧！

我珍惜得來不易的友情
常伸手擁抱溫暖的熱情
但有時也會遭遇冷落的尷尬
我也不計較且讓我甘願做吧！

（繼續第 724 首. 我的朋友不多）
也許真正對我好的朋友並不多吧！
好的朋友也可能一轉眼就沒了踪影！
但我會用友愛來維持讓友情長久
我不想等到失去時才來做挽回
怕到那時我已找不到藉口
我希望朋友能長長久久一生相守

第 725 首 . 快樂的知己

今生你是我快樂的知己
陪我走過失意不離不棄
你燃燒的祝福溫暖我變涼的心
你陽光的鼓勵喚醒我前途的嘆息

在孤獨的夜裡我總會冷靜來反省
在失意的谷底是你教我的如何
遠離自暴自棄
當我遭遇寂寞和沮喪的打擊
是你陪我一起加油打氣
當我難過時是你哄我得快樂甜蜜

遇上你使我一切變得順利
認識你是我修來的好福氣
我要做你的好友好好待你
我要祝福你開心萬事如意
我要幸福美滿常圍繞著你

第 726 首．我仍然要沉著冷靜

我仍然要沉著冷靜
只要有對的機會和好的夢想
我定會重新的改過
我不斷地夢見高山和迷路了
就在這樣迷惑和不安的夢中
你叫我冷靜

我常說山上那個夢境
你總是半信半疑
我總在重複那座高山的夢話
你總是說
你想親臨其境

我不會再猶豫了
我要把所有的機會都找出來
用耐心鎖住所有的恐懼
直到天亮
你還會在那個老地方
用你的冷靜
去分析那些偏差
那些無中生有的聲音嗎？

第 727 首 . 感謝好友的關心

好友們我好了，謝謝半數好友的來訪探視，再次感激。有超過一半好友的祝福也不錯了。
有的好友忙得沒有時間，因為朋友太多、應酬太多，工作太多，我已經感到很欣慰了。

在網路的世界裡，每個人的朋友都交得太多了。
之前許多粉絲跟我反應，他得到讚的比例，跟他去按別人讚的比例差太多。
他每天忙著跟人家按讚，可是他 PO 的文，按他讚的人卻少得可憐。
這是什麼原因，就是加了不應該加的好友。
有的人加好友，在充場面、充讚數、充人氣；
希望人家都按他的讚；自己卻懶得回好友的讚。

這是什麼道理，把常往來的好友留著，把不常往來的好友刪掉，這樣才是好友的定義。
也不用再那麼辛苦的去按那麼多讚了。讓那麼多願望的讚，忙在手裡苦在心裡。

第 728 首 . 我需要完整的陽光

我打開過的天窗說過的話
一定讓你很新鮮
一顆冰涼的心
一個我最敬重的知己

（繼續第 728 首. 我需要完整的陽光）
沒有更多的時間去保存
我從來都害怕這種方式
或許說它從來都沒過期

我坐在黑夜的身上直到天亮
恐懼惡夢和另一個心情
我站在孤獨的地方難過地等待希望

是你會管我成為一個最有用的人
你說做人就得這樣

我放在你身上的心
可以是我的全部
也可以是這個最後的溫度
可以是一個重生的生命
或其它的希望
甚至可以是自然的嚮往

我要的就是完整的陽光
你可以打開天窗
向我的身上集中
這光茫所有的溫暖

第729首.浪漫的遐想

看著——
看著閃亮的瞬間
美麗的一切變得燦爛——（難忘）
在寂寞的天空陪伴了
月亮的孤單——（不語）
想情人的笑臉看了
整整一個晚上——（不煩）
讓最美的遐想念念不忘——（浪漫）

想著——
想著細雨綿綿的情感
灑落在久旱的大地——（難得）
在古老的黃昏勇敢的拋下
陳年的往事——（好漢）

聽著——
聽著悅耳的聲音使歸巢的鳥兒
感到遲疑——（心慌）
讓樹下坐著的遊客突然想起
某種呼喚——（思鄉）

想著——
想著城市邊緣的美麗
徘徊在煙雨迷濛之間
迷人的思念使人遐想

第730首.從未被人了解的生活

我喜歡你喋喋不休的數落
把我當作侃侃而談的對像
每天帶來驕傲的祝福
自信的笑容、鮮艷的生活
還有活潑的心情
這或許就是我特別喜歡的方式
一直想要過的生活

我願做雨中幸福的花朵
比平時亮麗花瓣飄然欲飛
讓你欣賞到自然的成熟

月亮出來了
你看見過的黃昏已悄然失落
隱約透出的月色把你帶往
一些互道晚安祝福與美好心情的面前
對一片生機盎然的景色充滿憧憬
流連不捨
彷彿你有過的期待也從未被人了解

我不敢想像
過不了多久的祝福的面紗
已悄然墜落
化成彩蝶飛走
被一群無知的過客
和你我的讚嘆所取代

第 731 首 . 旅遊的計劃

我旅遊時的計劃 在放飛煩惱和牽掛
這是多麼可愛的想法啊

令人羨慕的風光
被遊覽車上的歌聲不斷的更換著
可歌唱的是什麼呢？
每一曲都是心動的旋律
每一首都是現在的嚮往
我都是那麼陶醉的聽啊
可我卻沒有會唱的凱歌
只知道沒有知音的地方
就算唱破空城也請不動
萬人空巷的歌迷前來欣賞

路從我們身邊的窗口飛過
我們在車的坐位上沿途叫賣著誇張的
笑容和天真的模樣
比手劃腳的成交了不少時間

我們在熱鬧的樂園中間
看著嚮往的方向
聽著大地的震盪
想像著做人的悠閒 也欣賞到自然的大方
我知道沒有希望的地方就在谷底

第 732 首 . 你忙碌回留言

你忙碌回留言
讚回讚
用心看肯花時間
你看好文章排優先
留心田
求上進心不變

你聽真心話
仔細的分辨
說良辰美景
切勿等閒
你今日真誠的
來臉書分享自己的經驗

你用心的創作
可流傳人間
我滿腹的牢騷
只能苦難言
我會提防垃圾訊息的流言
注意那些大家所不認同的缺點

你心中樂了
因為樂觀
你生活知足了
因為美滿
你把快樂很快的傳遍
只因為你要生命的美亮麗光鮮

（繼續第 732 首. 你忙碌回留言）
你臉書的貼文篇
求新求變
留言祝福傳滿
每一天
你希望大家分享你精彩的圖片
讓快樂的心情常在臉書出現

第 733 首 . 無辜的空白

用一首新詩彌補無辜的空白
用幾句安慰挽回失落的悵然若失
雨灑下祝福的及時
風吹來清涼的舒適
但面對一陣狂風打擊的哭聲
忘不了無數的落葉哭泣的夜晚

雨來過之後又乾了我的心田
烈日考驗受傷的陰影
時間的無情笑看一段傻事
開窗探望
多少打結的生活掙扎
在封閉的寂寞裡傷心
入夜

喝下不滿的茶水天空依然晴朗
身體在明亮的眼前躲藏
忍受世俗的異樣

（繼續第 733 首. 無辜的空白）
合理的詩人少了靈感
走過了模糊的地帶
徘徊在一片樹林的山上

醒過之後空白還在？
攤開稿紙無辜的空白
思想翻修了望眼欲穿的
陽光
悄悄爬上了修好的屋頂上

第 734 首 . 愛的承諾

假如愛在你的判斷中
仍算是承諾
儘管它 有山盟海誓
請允許我以愛的名義
向你致意

從古至今我們發見了
有多少的愛是獨行獨斷
缺少了捨得的關念
難以在協調中做溝通
不易於付出的算計中做改正
是「修道」讓我們的真心
懂得珍惜和付出~進而領悟愛的真諦

（繼續第 734 首. 愛的承諾）
愛讓我們了解~珍惜我們的人
是如何努力為我們做出真心的奉獻
是不會讓我們的感情受到傷害
它不是「各人自掃門前雪
休管他人瓦上霜」的心態
它會讓我們在歷史的見證下得到真正的領悟
它的榮耀光輝燦爛閃爍著旋轉
它的智慧似翻滾的雪球一樣的偉大
它考驗了人類的內在修養
它讓死灰復燃的可能若隱若現
是的~它讓努力的耕耘有了結果
它儘管美味卻無意說出它用心的經過

讓我以愛的名義向所有人祝福
我的愛仍需複制上傳
幫好友分享出被允許的~愛的鼓勵
我將公開愛的歷史身份

第 735 首. 捨近求遠的渺茫

有時候我常想
我們人的一生為何總在捨近求遠？
而不知道珍惜身邊的 幸福還有機會呢？
就像每天重覆著語出
蘇軾的詩：「不識廬山真面目，只緣身在此山中」
的紛紛擾擾~

（繼續第 735 首. 捨近求遠的渺茫）
繼續奔波勞碌苦
整日操煩不得閒
捨近求遠知已晚
事倍功半回頭難

妄想遠在天邊的希望渺茫
把強求的願望寄託在
空虛的失落中~重複著惆悵
我們要~
珍惜眼前好時光
把握現在去發展
事在人為不怕難
樂天知命心自安

這並不是說靠努力就可以完成夢想
只是要順其自然的放下強求的負擔
做一個會珍惜 身邊的幸福還有機會的人
只要往對的方向發展
我想只有這樣
人生過得才能自然順暢
把野心的妄想好好糾正
計劃出一個能力所及的希望

第736首.你细心的栽培

你說那天我們在院子裡
種的花朵真是好看
我說花開得再美我也無法形容
所以今天我已經去了三遍
也欣賞到花的婀娜多姿
並觀察出了你對它們細心的栽培
讓我知道需用心學習用心去照料
來維護它們美麗的明天

院子裡有玫瑰花桂花等的芳香撲鼻
和清新淡雅的滿園生機
一些綻開的花朵隨之而來
傾訴了你對它們的心意
也飛舞出它們的自信

你說在我們涼亭的四周
還有其他野花的豔麗
它們姿色迷人飄香四溢
你叫我不能被誘惑而迷失了方向
你勸我不要隨意採擷白費了心機
你不想我迷了路
找不到原來的目的

第 737 首.感慨的心情

總在失落的夜晚
獨自走出憂鬱的風景
望著黯淡的天空閃爍的美麗
想起失眠的午夜是如此的漫長
讓輾轉難眠的孤寂跌落傷心的谷底

我每夜都會擔心挫折的腳步
悄悄的來臨
想著夢幻中的言語 道破謎樣的青春
期待的心情 莫非那是充滿美好的憧憬
恰似一陣煙雨朦朧的美麗

此刻窗外飄來幾許亮麗的憐憫
在一次次的問候中
徘徊在冷漠的宿命
讓多少曾經瀟灑的自信
為爭執的問題留下沉默和傷心
重覆著感慨的心情

第 738 首.他的真心話

他傳了一句又一句的話
等她打開訊息時 他已傳了很多
他想告訴她很多真心話這時卻已說不出口
他想~她會知道的

（繼續第 738 首. 他的真心話）
是個緣分、是個知音
他們平常都在說出彼此的認同
探討一些為人處世之道
和經營管理人生的理念

她很善良難得的純真
卻像孩子一樣天真活潑
她喜歡各種花
在雨夜中欣賞花的嬌羞
他常等她有空
他站在雨中賞花
她的花期已過去了
在雨中浪漫的快樂

他希望時間就此停留
但他不知該說些什麼
他撥弄著手機
直到響起 鈴聲
才回神
想說的話也已隨風飄散
隔天他在回憶裡快樂的度過
晚上她傳來一則訊息
說她很忙
只是想打個問候

他不捨得她的辛苦~只說知道、了解
他告訴她那天雨中，突來的鈴聲

（繼續第 738 首. 他的真心話）
只是他手機鬧鈴，不是詢訪的來電
他在風雨吹落花的時候，她說出深深的祝福

第 739 首. 不是說好了嗎

不是說好了嗎？
不再任性要放飛沉重的負擔
雖然飛越的誓言很輕
但嚮往的方向卻很美

我們約定的花園已開滿甜蜜的笑容
花在那兒快樂的捧起朵朵的承諾

當花理所當然的凋落
它沒有背棄那重要的時刻
依然綻放出那非凡的魅力
花在那等待~再次的美
為了珍惜它的~人們

等待便是一種希望
會在心田上一點一滴的灑落
期盼的心血
也會在過程中留下自信的痕跡
快樂的滋潤著它們~成長的苦澀

第740首.她的堅強（長詩）

她幾乎毫不遲疑地，綻開了青春，搖曳著任性的笑容，歡度自己的幸福。
她也從不在意的，站在陽光之中，任憑風吹雨淋；把甜蜜的滋味悄悄的收藏。
她穿上時髦大方的春裝，在短短的職場生涯，走出自己的舞台；留下玲瓏的身段，以及靈活的頭腦。
她平常做事認真從不馬虎。朋友有事來訪，她就起身殷勤的接待。
她說，要是有人說她好客，大概是覺得她熱心親切吧！
關於家庭，她重視親情倫理觀念的教育。
兩個孩子由她獨自扶養，生活的重擔，挑起了辛苦的一生；忙碌的腳步，使她精疲力盡，為了愛，她無怨無悔也不怪誰。
對一個單親家庭，有這樣的幸福，誰能有感？只有相信有愛的心，才能了解她的堅強~總讓人欽佩。

她雖讓青春，平淡了二十餘載；卻從不顧影自憐，也不感到寂寞。做到現在的一切，她仍充滿活力。
她知道要走多少坎坷才能走出平坦。
也知道要付出多少辛酸，才能有人願意叫她一聲媽。
她的笑容帶著她的滄桑。
她的善良撫平自己的傷痕。
含著淚水的她，只有在無人的夜晚，模糊了，掛在天空的星光。
我看到隕落的流星，瞬間的希望，好像是她臉上的燦爛。

第741首.人生如夢

有時候我真的很累了
真的想好好睡一會
睡在無憂無慮的夢鄉
我會看見夢中的希望
看見夢想

在睡夢中的世界
或許有我心靈的一個寄託
能暫時遠離現實的苦悶
遠離
太多的失望
太多朋友的冷漠
太多虛偽的面孔

有人說人生如夢
其實人生本來就是一場夢
當我醒了就是我功德圓滿的時候
而在人生何必牽強附會又何必強求

第742首.我們的奮鬥

我們的人生在不斷的努力中~奮鬥成長
在上下協調的過程裡~循序漸進
我們需要朋友們給我們更多的鼓勵與支持
給我們帶來不同凡響的建議

（繼續第 742 首. 我們的奮鬥）

有時我們心
似有不甘的承受起煎熬
但懷念於以往真誠的理念
曾吸引我們專注的目光
燃起了我們重新的希望
是希望讓美夢
陪我們~安心入睡
在每夜裡重溫著的舊夢
訴說著我們不懂的故事

我們在不同的理想中上下移動
沒有方向也難以突破
只有看清現實 把雜念沉澱下來
才能想像事實是什麼問題
是誰改變了我們的初衷和對世界的觀感？
我們移動著苦難叢生的理智
屢屢遭不盡人意的遺棄
讓我們再次成為
妥協中的一粒卒子

我們曾頂禮膜拜的~在信仰中心吶喊著
祈求已轉變了的事實
祂說：「只有讓妥協的惡夢遠離
遺憾才不會在我們身邊圍繞」

第 743 首 . 中秋佳節慶團圓

中秋佳節慶團圓
返鄉探親心不變
父母慈愛記心田
子女孝順感動天

關心祝福為最真
默默傾訴心中願
迎接中秋好運來
欣賞花好月正圓

天上明月幾時有
難得把酒問青天
幸福愉快在眼前
祝福月圓人團圓

第 744 首 . 有你的牽掛

失落的人生
難過的日子
沒有朋友是寂寞的
沒有愛是孤單的

你從風雨中趕來
患難見真情
而我是你的牽掛

（繼續第 744 首. 有你的牽掛）
你關心我鼓勵我支持我
以你的友情滋潤了我的乾涸
你不忍見我心凋落
你不想讓我 隨波逐流

而世事難料人生如夢
現實卻如雨後的災難
蔓延開來
冷風還在吹我
但有你的溫暖陪伴著我

第 745 首. 我的希望

期待那美麗的世界變化得更圓滿
祈求自己領悟這大智慧的美更透徹
希望那快樂的的文字創作出更有意義的思想
等待這種種的奇蹟的來臨

失落和悲傷曾經是我路過的無奈
現在它們已不是我的迷網
是它們讓我了解
祈求他人的接受只是一種嚮往
為此只有更加上進更加的堅強
才能確保著希望

（繼續第 745 首. 我的希望）
我現在喜愛那朝陽升起的燦爛
閃耀著希望與真正的愛
透過那智慧之光的見證
來欣賞身邊一處處的自然
讓自己陪伴著希望

第 746 首 . 您的熱心

下了一夜的小雨綿綿
淅淅瀝瀝的灑落一地的傷心
你還沒有來得及反應
我已徹底淋濕了心情

你總帶著陽光的瀟灑而來
溫馨得帶我走出戶外的心情
你領著風吹拂不熄的信心穿越困境
清新得使我從迷糊中清醒了過來

你笑得燦爛像花朵搖曳著真情
望著我說：「來的天空已晴朗，
你不必擔心。」
我在你的鼓勵下 出奇的一切順利

我常說：「我想你了」
你一下子就來了關心
搖晃著祝福的腳步

（繼續第 746 首. 您的熱心）
牽引著我走出風雨
僅僅以一個朋友的熱心

第 747 首 . 我選擇的「無為而治」

為了生活我終日奔波忙碌 疲憊不堪
又為了創作再讓我情不自禁似的
異想天開後又實事求是的認真面對
這是我獨有的風格 特別的形像

我又能努力些什麼……
我孑然一生兩袖的清風
家徒四壁又老又窮一坪老舊的書房
擺著一堆擇善固執的書本
以及一副滿腹牢騷的筆墨
和枯燥乏味的苦思冥想
以及我還沒悟道暫住的「臭皮囊」
我清算後沒有值得的收藏
但還有些創作的保障也算老實可靠
看了還算滿意的留言並不多
再多點要求我可就自顧不暇了

假如人生重新來過讓我自己主導
沉思冥想中我選擇「無為而治」
而「無為而治」並不是什麼都不做
是避免
過多的干預 以順其自然為方向

（繼續第 747 首. 我選擇的「無為而治」）
去發揮更多創造力 做到實現目標
達成崇高理想與成就事業非凡的方法
並為眾生付出一些無畏施的奉獻
和為自己多行些功了願來發揚生命的意義
這是我目前的一個嚮往
也是我對人生的一個領悟

第 748 首 . 我們在意的環境

我們不隨意喧嘩和擾亂著環境
我們在意的寧靜正悄悄地反省自己
工作、娛樂、生活、等綻放著自信
它們正靜靜地上進、靜靜地努力
靜靜地飄逸
然後不知不覺中成為一種美麗

我們相信的歲月給的一切
相信的高低起伏的人生
會改變了我們的目標
期待中的變化有我們的自信

我們盼到的春天它將喚醒沉睡的心靈
而讓我們站起來搖曳的是我們的智慧
抖落一身的凡塵
眼下吹拂的變化使我們相信
和風的陪伴和我們在一切的質疑

（繼續第 748 首. 我們在意的環境）
請讓喧嘩的內心和一個唯美的寧靜
做一次比較
比較出誰能平息不同的聲音

第 749 首. 嚮往的冬天

我繞了一圈還在冬天
迎著冷風 踏雪尋梅
心是寒冷的白色世界

讓我送首唯美的好詩
來溫暖你的困惑
讓你的冬天也有陽光的溫柔
但你卻從不在乎我的特別

我願你用
熟悉的溫度來度過寒冬
以原來的氣氛洋溢著笑容
及嚮往的熱情來真誠邀約
我們鐘愛的喜悅

第 750 首. 我看清了人生「大道」

在歷經長久的「人生八苦」之後，我才認清「人生大道」的希望。發現許多善男信女們，已湧向「道場」，他們拿得起是靠

（繼續第 750 首. 我看清了人生「大道」）
「能力」，也放得下是靠「智慧」。
「道」，祂讓我了解身邊的一切，知曉「道法自然」的「因緣」，領悟「有情」與「無情」的邂逅。我會再次放下執著，並打開那閃耀著智慧的心靈，迎向光明的「大道」。
而艱苦的日子，並不會因此遠離我。在折磨到來的同時~我看開了一切。當苦難和著「法喜」一起經歷時，我只有順其「自然」。
我知道那是精彩的生活，是曾經想擁有的，一個念頭，是多麼希望幸福的經過，是在遠方綻放那夢想的光彩。
當我不再執迷不悟的瞬間，只需要一念的堅定，就可以把人間，想像成天堂 。當我不再三心二意的生活，只需要誠心的祈禱，就能有美麗的天空。
為了讓今生有所領悟，我已不知修了多少世的「因果」；重覆了多少的無奈、經歷多少的苦難。
人生啊苦短！在這聞「道」的當下，就是該放下的時候；在這懺悔後，就該無怨無悔的付出，當用心的往「彼岸」走。
我已不再計較得失的過往，已忍住了傷痛和折磨的打擊；忍住更多難耐的寂寞，以及忍住了遭人唾棄的無奈。
為此追求偉大的「修為」，我唯有「虛心」的接受。
我只有放「空」了一切，才真的「一無所有」；我只有再用心的學習，才能讓遠山的「佛」住在我心中。

第 751 首 . 我看到變化無常

下了很大的雨，一次又一次的氾濫
刮起了很強的風，一陣又一陣的破壞

（繼續第 751 首. 我看到變化無常）
撼動了我們心中的江山
我感到人生的無常也像天氣變化的自然
沒有永遠的晴朗也沒有永遠的黑暗

我在書經太甲篇看到一句成語：
「天作孽，猶可違；自作孽，不可活」
這在說明什麼？
我認為自然中所發生的災害
我們可以去做適當抵抗和迴避
但不要去破壞自然和生態
可以去建設和努力但不要強求和奢望
這是順其自然的消極嗎
還是要人定勝天的堅強
我想只有不「自作孽」的順其自然
和「自求多福」
以及做積極的改善和建設~來防患未然

我認為我們應該
把一切的用心做適當的調整
在美麗的土地上栽種自己的希望
像松柏的堅強不怕風雨摧殘
好好的努力耕耘不怕災難
也不要執著於成敗得失和收穫的多寡
這樣就可以樂天知命的過得舒坦

第752首.路過

我路過這一生要走的路很遠很長
有些美景和嚮往我可能會喜歡
但也只能欣賞
那些停留在心中的美好
因此散發出迷人的芬芳
然後我還是要路過的繼續向前
走該走的堅強
不能一直留戀在美好和徬徨的兩旁

我路過受傷時 朋友將我收留
把我變成他們的伙伴
我住在他鄉
在城市的天空打開了美好的嚮往
等待一片夢想的雲朵輕飄飛來
天真的變幻它的模樣

我路過公園看著湖水的清澈
像一面鏡子照著我的孤單
樹木搖晃著它們的活力
熱情的呼喊著風的涼爽
滿園閃亮的心情快樂了我的希望
它們邀我在這裡靜靜的欣賞
因此我的身體也散發出舒暢和開朗

第 753 首 . 我們共同的命運

沒能在你奮鬥中，及時獻上一點心意，我感到有點遺憾與自責。我將以一生的努力，來回報你的栽培。以最大的誠意，時時刻刻守護著你，讓你不再受委曲。等待下一個考驗的來臨，和你一起面對危機。

我們終於能，按照原有的計劃努力了，而你卻不能照一個標準行事。這事還有待商確，是你的顧慮周詳，那是你人生的經歷。你難以形容的言語，只是讓文字脫離了谷底，而你人却還得承受壓力，讓紙上的心事筆劃加深。

為了順利，你要求自己樂觀，徹底的塑造了美好的形象。這是我們共同的命運，而你的笑容因此更加燦爛。這次是你，從一次次努力中找尋的機會。你考驗著我，使我心裡的疼痛加劇。

從生疏到熟悉，我在愛與冷漠的泥濘中打滾，身上的高貴遭到放逐，一一的在廣闊的大地，裸現成黑色的汙泥。此時自己的領悟，像那天星星的淚光，再也禁不起隕落的孤單，只有撇開這一切的煩惱，先守住我們的光輝。

第 754 首 . 你的驕傲

我是你最好的朋友
雖然我們常爭吵
但也得過且過
也不致於會分手

（繼續第 754 首. 你的驕傲）
我們相識的故事
有最深刻的對立
我們的交往
成為歌曲裡最哀怨的心動
你把寂寞留給了過去
你把任性留給了我
自始至今
我們的故事
是你唯一值得提起的驕傲

你是我最好的朋友
你卻以折磨我來顯示你的優越
我們常鬧著要分手
也時常爭吵不休
你的笑容
佔據我最感嘆的一片心裡
你的言語
提醒我最無奈的一片誠心
故事之後
我們的結局
是情債或是不完美的結果？
只有看過的人傷心

第755首.快樂的往前走

再繼續往前走
我的前方
已穿越了那快樂的障礙
那是一條希望的大道
它等著我向前邁開步伐
再繼續往上爬
我的力量也更猛了一些
在爬上或停下的抉擇考驗下
我傷透了腦筋

再持續攀爬到最後
雖未能攻上那山頭
但我始終都沒放棄那目標
途中累了
想暫停休息一會
卻又怕信心跟著墮落
此時我在意的不是
有沒有攻頂成功
而是怕我心已滑落

為此我只有繼續的往上爬
才不會讓我心懸在半空中
那就請你繼續陪我
快樂的往前走吧~謝謝你囉

第 756 首 . 你的心事

你說你怕胡思亂想的折磨
你也說常想起了我的溫柔
我說我想讓你有所期待
但也怕你受傷害

你說你想漸漸的遠離我
想讓工作填滿你所有的生活
想讓風景陪伴你所有的憂愁
我說我希望你有快樂的選擇

你把活動安排在一天完成
然後直奔你夢想的港口
去搭上一艘慢船
讓心事海闊天空

第 757 首 . 愛的道理

有粉絲問我愛是什麼？
我只能簡單的回答，愛就是感情的昇華。
我們對一個人，或對一件事，從喜歡到特別在意，然後再到愛，這是一個過程。
我們為什麼會愛，因為我們感覺他的美好，他給我們希望，對我們有幫助，是我們仰慕的對像，是我們的期待和嚮往。
然而每份愛都是對的嗎？我們要以禮相待，不合乎禮義的愛，是一種不正當的思想。

（繼續第 757 首. 愛的道理）

我們要愛得自然，愛得快樂，愛得有意義，在愛的過程中要相互珍惜，而不是逞私慾和佔有。

我們的愛來至於父母，在愛的期待中誕生。

只有先從孝順父母開始，才明白愛的無私。

所謂百善孝為先，一個孝順父母的人，他才能發揮愛的意義和了解愛的真諦。

愛是一種恩惠，它讓我們知道要感恩和珍惜。

愛不是勉強，我們也不可以去勉強，別人愛你。

愛是兩情相悅，有緣就在一起，沒緣我們就不要強求，要互相的祝福。

這就是簡單的愛，有太多道理，我們都已了解。

我只是把重點，寫出來讓大家做參考。

第 758 首 . 我邀請的春天

最近天氣有點冷
我的心有點寒
我在等待著秋天的回暖
我常想起那春天的顏色
它總是令人充滿希望
它讓暗淡褪去
讓自信的花朵綻放光彩

我不知道是否有這個榮幸
可以邀請那春天的到來
可以讓我撐到那希望的陽光

（繼續第 758 首. 我邀請的春天）
我在寒風中掙扎的身體
有一種冰涼透澈的淒美
我心啊有冷冷的風霜
冷得有點慘白
我還在痴痴的等嗎？
那我還需更高的溫度
才可以撐過那冷冷的寒冬
迎接春天的希望

第 759 首. 真心的問候

在朋友的祝福聲中
我聽到一些美妙動聽的問候
彷彿飄來輕柔的音符
悄悄的舞出我的自信
快樂的湧上我的心頭

因為他們喜歡我有
一顆上進的心
為此表達出的溫柔
如同對一個知己了解的笑容
他們在期待的鼓勵中亦師亦友
他們關心我~如近在咫尺的依舊
祝福的聲音~如遠方的洪鐘
不斷的在我耳邊響起了快樂

（繼續第 759 首. 真心的問候）
他們不敢過於怠慢於我
對我也沒有偏心的對待
我剛又聽到的一些
祝福的聲音傳來
有一位前賢慈悲了
我的困惑
他們首先用喜悅的顏色
其次才是真心的問候
和一種法喜的訴求

第 760 首 . 我的門檻

我是一個理性的創作人
有時坐在狹隘或擁擠的空間沉思
有時走入冷清或熱鬧的廣場中凝望
去觀察一個個美好的榜樣
常書寫於熱心的紙張一如綻放於花海的夢想
我勤於耕耘和灌溉的芬芳一如勤於
燦爛的天空 永遠照亮著希望
我只有一個多愁善感的念想
陶醉於過高的道德門檻

我是一個自我放逐的浪人
在貧乏與飢寒的歲末
承受起冷漠與鄙視的風霜
沒有憐憫

（繼續第 760 首. 我的門檻）
我人生的田園是枯燥而乏味的乾涸
我的一線生機只有美夢一場
我只剩遠方的桃園在春天裡嘮叨
他關懷著我默默的付出
提醒我觀望的模糊界限

我無需找尋的方向
是一個執著的過客
他只適合於晴朗的太陽
和充滿希望的陽光
以及
適合於浪漫的色彩
我嚐去欣賞那美麗的輝隍
去培養著靈感起伏的波浪
我正排除被混亂所圍困的靈感
我正調整的自信心 它已慢慢的恢復
以更高的目標為門檻

第 761 首 . 我的希望

（詩歌未譜曲）

我希望有美好的將來
用心反省把環境更改
讓智慧可以跟上時代
讓信心可以守護現在

（繼續第 761 首. 我的希望）
我期待人生走向精彩
看見天空湛藍的自在
看見努力希望的未來
把握機會把夢想打開

我願守住幸福的雲彩
變幻天空浪漫的可愛
描繪出形狀千姿百態
像朵好心情等我來採

我願把一切煩惱拋開
趕走了我失落的空白
寄望天空晴朗的爽快
讓我的人生再樂開懷

第 762 首. 生命的真領悟

環境的艱難使我們了解
需不斷的反省
幸福的日子使我們更知珍惜
我們在思索人的心是什麼做的？
使我們不斷的在質疑中領悟
只有生於憂患死於安樂
才是故事的結局

（繼續第 762 首. 生命的真領悟）
我們了解的人生只是我們自己的智慧
是受環境的塵埃汙染以後的心靈領悟
是昇華磨練出來的道的意義
那是我們的善良本質

當我們失去人生的意義
和基本道理以後
就容易迷失於慾念之中
而迷惑在生生不息的
因果循環之中茫茫然
在隨風中飄零失落

我們「未知生焉知死，為何而來」？
死又何足懼？
這才是一個生命的真領悟！

第 763 首 . 我們的藉口

因為疑惑使我們錯失了開朗
在徬徨與失落之間相互爭辯
以文詞以言語與以所有偏見
的疑雲遮去原來的天空
使智慧衰退心靈受創

因為執著使我們感到無奈
在風雨中閃躲並且全身濕透
寒冷的心情等待溫暖的邂逅

（繼續第 763 首. 我們的藉口）
因為了解我們決定共同攜手向前
用一切合於禮數的陪伴
使彼此幸福於開心的擁有

因為友情我們善於體諒
用一個善意的笑容
化解了得冷漠
因為寫作我最終的訴求
是讓朋友快樂

第 764 首. 成見

這不是苦難是我承擔不起的 心情
或許面對是最好的開始
而一切溫暖的眼神只是我想像的安慰
猶勝於冷風的吹襲
寒冷心情它已打擊了我的自信

我在等待的春天 它已冷淡的來遲
回應我迷惑的倦容 使我失落和不安
更勝於我凋零的消沉 令我期待的已無生機

最後的祝福
好過眼前冷冷的氣息
我正懷疑起當初的春天
是否早已慢慢的調整好不滿的偏見

第765首.我的天真

我沒有怨言
我在敲自己的腦袋
我在傷心
繼續反省自己的天真

或許我走錯了方向
却發現了我還在期待
我用自己的地圖找到了目標
我是停留還是勇敢的離開?

或許不捨的我還呆在原處
想像走出意外的精彩
想像看清方向的愉快
想像如何為迷失的自己指引大道

第766首.追求

時間追求得很久
想過的日子也舊了
彷彿我曾為誰停留 ?
我該收起累贅和牽掛
去摘下那最美的閃爍
等在行程的最後
來完成一個美夢

（繼續第 766 首. 追求）
我會想像成白雲的無憂
慢慢的飄向那寄託的天空
看著大地展示出
一片生機勃勃
等待思念的風吹過
吹來浪漫的氣氛
和一個遙遠的邂逅
我會看見那花朵綻開了
笑容也開放了心情
彷彿他還在等我
為我在那兒停留

我要再追求了
那兒有自然的景色、
美麗的天空、
奔放的自由和逍遙的快樂
那兒有生機勃勃的喜悅
有朋友們熱情的招手
有好客的美食佳餚
有我的目標將在那裡停留

第 767 首 . 你相信我

又是一個陰晴不定的天氣
我們的天空沉悶得有點壓抑
是它害得我們的話題

（繼續第 767 首. 你相信我）
多了點潮溼和陰晦
色彩也變得黯淡無趣
但是我還是勇敢接近你
我選擇了記憶中的你
曾是我珍惜的美麗
是我一段永不能磨滅的記憶

記得那一年的收穫很多
但風雨不停的吹灑 落在我們身上
而且綿綿不斷
是我撐著傘擋住的侵襲
但已遮不住風雨吹來的涼意
是你靠著我的牽引信任我的真心

我無法抗拒的災害
流露出無奈的神情
是你等待我最終的决心
你說：
「即使你成為風雨打擊的目標
你也會有保護著我的本領
你會帶我離開此昏暗不明的天地
迎接風和日麗的豔陽
以堅定信心的在風中挺立」

第768首．情深意濃

我不忍與你分離
也無法停止想你
雖然我追求得有點累了
也被你傷夠了心痛
但那是值得的擁有
也只有你可以
讓我為你情深意濃

為此我會更加珍惜
守護著你的真心
因為我捨不得讓你難過

我期待的夢中情人啊
你是那　的美麗溫柔
讓我沒有理由不心動
我正愛了一個完美的夢
我在夢中看見了愛情
夢見你的笑容常使我心動

第769首．完美的建築

從繁榮到蕭條
那完美的建築從未停止
從樂觀到消極
那美麗的夢想也不曾放棄

（繼續第 769 首. 完美的建築）
從祝福到期待那溫馨的一句話
使我有出人頭地的信心
嚴格的工具在打造著我們的幸福
那建築的理想被期待在城市與鄉村上
應有相同的格局

而透過遠距離凝望的自信
那些建築和好友們的期待
正和已重建的廢墟一樣的積極
再用精心設計的藍圖描繪出
道路兩旁一片喜悅的生機
讓我在期待的生活中積極的佈署
讓靠近的環境清新了空氣
開朗了心情
讓實際的構想使我的計劃堅定

我最後擁有了一片天地
所以找適合的時代來建設

第 770 首 . 命運（三）

一樣是父母心中的寶貝
我的命運非我所能強求
我流過孤兒無助傷心淚
淋過徬徨迷失黯淡的雨
求過迷途知返憐憫的心

（繼續第 770 首. 命運（三））
經過崎嶇坎坷危險的痛
停在失落谷底掙扎的怨
無奈啊人生啊有多少苦
我已看透最苦不是難過
而是我已無淚流的哀莫

一樣是出生的惶恐哭泣
我的生命遲早都會衰老
身體也會面臨病痛老死
這種變化的無常即是苦
所謂苦不是苦難是無常
即使修道後也不能更改
對世間實相執著的領悟
好的命運輪不到我出生
有我沉重而感慨的嘆息
光明還在一道道上演著
使我心灰的天空更冷清

我來自何方要往何處去
我因愛而來卻為愛迷惑
不怨天不尤人唯法可破
我心似已失落苦海飄流
死無法解脫生也難放縱
唯知天命修道悟法念佛

第 771 首 . 一條期待的道路

路上有一段難以形容的風景
在走與停之間難以取捨
一付心腸牽掛著
滿是孤寂的景色
是走還留在爭論的大道
飄下雨來淋醒了
我單純的花朵
吹落我徬徨的枝葉
我也不知何去何從

道路像一個冷漠的天氣
它的臉孔令人難懂
只要我走近它
就會有一條疑慮的冰涼
它曾讓我迷失的痛
就會有壓迫下來的痛苦
讓我留下我無辜的迷惑

它像一個過客冷眼的看待我
拋棄了我
沒有話說
或許是我走錯了路
遠離了家鄉、夢想、和朋友
在冷冷的風中我和酒取暖
忍受我走不出的愁

（繼續第 771 首. 一條期待的道路）

路上會有靈感陪我
走遍人心的冷漠
使我變成文字
變成自由的想像
然後用時間的步閥
走出剩下的希望
去了解人生的迷惑
或者將風景投向那自然
重新選擇那一條期待的道路

第 772 首 . 欣賞的念頭

有些花美得令人心動
但受誘惑的只是失控
受吸引是浪漫的感受
而且在單純的念頭下
只有欲言又止的衝動
若以多情遐想來問候
常有情不自禁的念頭
多了非分之想的藉口
如遇過客痴情的笑臉
只想模糊善意的焦點

如同有些人不懂欣賞
只迷戀於美色的難捨
對於美的根本和內在

（繼續第 772 首. 欣賞的念頭）
隨性輕忽而不知莊重
會使部分私心的慾求
失去理性和偏差後果
最後了解了錯和心痛
是種適得其反的失落

一生中我想有的心動
好羨慕那真實的顏色
好喜歡那光鮮和亮麗
了解他的付出和用心
感謝他淳淳善誘了我
教我導正心存的顏色
解釋了我心中的迷惑

第 773 首. 還在乎的心動

別再說了
給——
收留過無動於衷的笑容
和掩飾過感情的告白

不要再吵了
給——
實際付出過的行動
和取悅過一朵長滿甜蜜的承諾
以及栽培過帶刺的花果

（繼續第 773 首. 還在乎的心動）
夠了
喜歡一個人
就要忍受那會融化的冷漠

好了
感覺冷了其實是忘了初衷
如果沒有了愛
那在一起的動機也會消失

還在乎吧
如果沒有了那心情
經營的笑容也會模糊
所有的付出和心血
已生長不出那心動的花朵

第 774 首. 我看了「遠離顛倒夢想」

我自從來過那山上，就一直嚮往，能在那高高的雲端裡，凝望著那一片天空的自然。
但我只是覺得，那有一種自在和美好的念想。
我曾問山上面的那片浮雲，有多少的人生是無奈?
我在找尋的是自然？，還是一種自我的安慰？我總在「遠離顛倒夢想」的日子中，期待著能覺醒。
我總在好高騖遠後，才知道「登高必自卑，行遠必自邇」的道理，和反省一切的妄想後；才能領悟出怎麼渡過黑暗，和等待黎明的到來。

（繼續第 774 首. 我看了「遠離顛倒夢想」）
我曾靜下心來看一段《般若心經》:「遠離顛倒夢想」的句子
我曾想過什麼是「遠離顛倒夢想」，我只有往下查看，才能了解下一句的用意 :「心外馳迷失，以幻為真，故起煩惱，是為『顛倒夢想』」
另一句 :「心內修清淨，智慧明了，無有掛礙，是為反本歸真，是為般若覺慧。」
這是經書上的句子，我引用來作為說明，讓大家能有同感。
我不想在半夢半醒的人生中迷惘。
我每夜擦過，蒙滿塵埃的心靈、以及清掃著髒汙和灰色的念想。
我想立於清白的山峰上，自在的了無牽掛。
我要反省啊！我曾辜負那麼多的期盼啊！在那裡沒有汙染，不怕是非黑白的囂張。
祂常守在山上的大道，是清新的自然。
祂是智慧的光茫，且有需效法的自然，是要延續無常的循環。
我深深呼吸，那滿天法喜的空氣。
清新啊！這裡不會有我糊塗和妄想。
祂在自然裡四處巡訪，等待迷失的我，向前走看到曙光。

第 775 首 . 修護那未完成的使命

一些時常努力的日子
不算如意
周圍只剩工具、書籍和訊息
當窗外面的天空黯淡了收訊
風吹落了荒涼
我也只剩下一種處理

（繼續第 775 首. 修護那未完成的使命）
一種不受歡迎的質疑
必須穿上誠懇的外衣每天
必須從頭到尾面對愛的好意
都只為了一張發黃的計劃圖片
在不明處醒著張開了訝異的眼睛

時間就從我身邊伸出手來
擋住了一片天空
再悄悄地繞過那如花綻放的的笑臉
飄落那有可能的美麗
和新的商機
讓我大部分的心情都像在飄零

在一些心情設計的工廠裡
我張開的眼睛這時是亮麗而無辜的
一些閒雜的零件
使那加班的黑夜更加模糊
我只有努力修護那未完成的神秘

第 776 首 . 他的牽掛

他都那麼友善
常問我有什麼需要幫的忙
要我別那麼客氣麼——
我就那麼自然地
把問題說出來——

（繼續第 776 首. 他的牽掛）

如果我回答他
我要的只是一些鼓勵和關懷
是一顆坦誠友善的心
是微笑和關懷的眼神
他了解後會抽空來陪我
讓我感受友情的溫暖
他很容心滿意足
常保持心情愉快
讓我感動了我就會比以前
更有自信和開朗

而我的生活原是黯淡
本來也有走不出的憂傷
是他陪我在這兒
盡心地面對人生
任誰也請不動
任誰也管不了
任誰也不能把他和我分開
那怕在他很忙的某個階段
那怕我寧願獨自面對那困境
我仍然是他最在意的希望
是他不捨的牽掛

第 777 首 . 永難釋懷的痛

十五歲的時候，我曾問自己，活著是為了什麼?。我茫然無助的望著天空，看著陌生的閃爍，和隕落的感傷，離開了我。我繼續求學我問自己，活著是為了什麼?。我只有孤單的書本，還在我左右，我也常睜著雙眼，表情冷漠的難過著，表達了自言自語的憂愁。

想起了父親您啊，我才發覺您已很久沒來我夢中了。一個不幸的病痛，在您的身體留下了折磨，讓您不捨的放下您的牽掛，離開了最愛的我。

我如何才能有您的優秀，是我活著的理由。我該怎麼做，才能完成您心中期待的我。您的話我還在牢記中啊，只是不能再聽您說出口了。您就這麼走了，留下茫然哀痛的我，但您老卻永遠，活在我的心中啊。

您曾那麼用心的栽培我，直到您老了，您也未曾改變對我的嚴格。您放下原有的高貴，整日為愛付出勞動。

自從我懂事，您已不再埋怨生活，只為了肩挑，這個家庭的重擔於一身。

您這樣做付出您的一切，您已成了花甲的老人了。

您這一生奮鬥的榮耀，能讓我知道些什麼嗎？但您卻從不提當年勇。

是你栽培了我，教育了我無知的天真。

當我懷抱著少年的夢，和希望回家的時候，一個突如其來的厄夢，趕在生死「無常」前的路過，祂告訴我，您已先走了；留下您的愛與不捨。您在我身上已留下了寄託，是我深深感動的人生啊。但我永難釋懷的痛，是我未及時行孝的錯。

第778首.那希望的輝煌

得意時我曾滿臉的風光
讓粉絲好友們喜歡我美好的形像
增加了我自信的光茫
但卻在擁那之後的進場
令我迷失了方向

那不是誇張的舞台
他正向我拋出精彩的靈感
並在路上為我鋪滿了祝福的文字
也對於我的劇情很用心的安排
且在眾目睽睽的臉書之中
替我吸引了許多不速之客的捧場
因為那曾失落的過往
已被文字自已所突破
揭發在這個人生舞台的劇場
讓舞台可以增加了良善
便可助我亮麗的來登場

我們的故事早已倍受關注
是眾人皆知的嚮往
而我們的表演也是不負眾望的徜徉
令歡呼掌聲充斥著支持的承諾
讓熱情的氣氛滿是場場的希望
成為我們下一場的信心
當人們圍繞著舞台上的熱情
我卻茫然的心慌意亂

（繼續第 778 首. 那希望的輝煌）
當我崇拜那美好的時光
只會出現真實的景像
且失意也只是暫時的客串

故事最後所演的劇本
是我變臉的身段
讓我神情輕鬆的想起那自然的徜徉
而我的妝扮也漸漸鮮活了對白
且那時也已加強了語氣
再以萬無一失的勇氣
讓我的演出表現正常
我的劇情正在悄悄的改正
變成那希望的輝煌
那才是我真正得意的自然

第 779 首 . 選擇

你是我最美的選擇
給我希望又讓我快樂

我對你總是難捨難分
心裡有多感激你可明白?

只願我開心也不讓我哭泣
是你最深深的一份感情

第 780 首.那一段值得的嚮往

那是一段值得等待的日子
一種失望和希望的循環
我在失望中努力的向前
卻在希望中不斷的後退
我只想找到那一些值得的嚮往

我不斷的失望
也在不斷的希望
任憑風雨的苦灑落我身上
我也要帶你~走出希望
只因為你~有我的希望
我怎能忍心讓你失望
我只有把苦自己嚐
把歡笑和你共享

如今我已成功的站在台上
我也不會狂妄
因為有你的鼓勵和支持
讓我知道如果要成功
就需要把虛偽和驕傲
都隱藏

我已忘掉那憂傷
我不會讓你久等了
因為我總有一天
會把夢想實現

（繼續第 780 首. 那一段值得的嚮往）
我知道那些曾經的風霜
早已過往
也遠離了我們的苦難
不會再對我們有影響
我要讓你每天快樂
每天都有希望

第 781 首 . 欣然接受

我的心是不會冷卻的
這事你早已知道
而我的文字
卻個個自以為是的不聽使喚
卻老寫著驕傲的日子

是風吹動了樹還是樹動了心
搖成一片的你來我往的深情

誰讓風似有情無情的吹拂
它在我們之間或冷或熱的爭執

不能過熱的一束心愛的日子
在我的生活中告訴我
一些涼爽的理由
如果熱的是你
那明天誰冷呢
我便考慮後欣然地接受

第 782 首 .轉身面對

我擁有失敗者身份
但保有些失敗本錢
從失敗中記取教訓
以成功為指導向前

我願努力改變困境
克服挫折勇敢向前
學習良好積極態度
前途光明美好人生

接受創新改良技術
走出自閉走向自立
樂觀調整步閥加速
腳踏實地用心經營

撒下那希望的種子
只問耕耘不問收穫
收割開多汁的美味
珍惜得來不易成果

在風吹雨淋日曬中
轉身面向希望光明
發揚光大創新事業
留下燦爛美好人生

第783首．一起上進的日子

好吧！有什麼難題
就先從一些考驗說起
它還圍繞在山間一處荊棘裡
所有的聲音充滿顫慄
問題散落在泥土上抗議
所有的腳步
踩在不安的心事裡

做吧！有什麼我們還不放心
我們要能面對自己的苦難
減少一些妄想和虛榮的心理
我們該有勇氣和決心
做出那一切的努力
為自己爭取些權益

好吧！願我們一起上進
以堅強的毅力
凡事認真的態度
和能力來證明自己
以不怕被冷落的心情
走出孤寂的勇氣
在苦難與迷失的環境中崛起

所以我想和你在一起
跟隨你的智慧
站在你的前方

（繼續第 783 首. 一起上進的日子）
替你把關
為你爭取一切美好的時機

第 784 首 . 爭論

一個自滿的人因不懂而自大了
另有一個因懂得太多
而找不回原先的自我

自滿的人因驕傲
而受人尊重卻自我迷失
而懂得多的人
因謙虛而完整了生活

我知道的只有這些
一個人還沒有完全的成熟
別讓他冒險去妝扮無辜的笑容

一個理智中的人
他已多次在我的預料中
禮讓退縮

那場場享受和歡喜的理由
它正在為我們澄清
把人性的湖泊壓迫成
全是涓涓細流的肥沃
讓生機在希望的空間流動

第785首.合理詩集的努力

為了完成一個夢想
我常常先憧憬那美好的未來
為了達到成功的目標
我常常先挑戰那命運的安排
而我這一輩子
總得為那夢想再盡一次心力

我選擇了實際付出的腳步
用我的「合理詩集」
把人生的意義發揚光大
並遵循「道」的方向前進
以我有限的生命
寫下那「合理詩集」創作的心意
並全部捐獻給這社會
以後若有出版
全部收入捐獻作鼓勵創作之用
那怕我只剩一口氣
也要寫出「合理詩集」的意義

我到底是曾覺悟過的人
我在良心的背後常與迷惑對峙
而我心存感激的想付出一點心力
來報答那生命中所有的關心

第786首.那幸福的詩意

現在我有最美妙的詩意
有陶醉於美景中的經歷
浪漫於熟透的字裡行間
讓你每天欣賞都感新奇

其實你懂我的自言自語
心有靈犀了那美妙字意
從希望到肯定那很漫長
最美的信念心動而熟悉

我的信念是繽紛的世界
來自善意與祝福的提醒
為此我理智而冷靜反省
掌握命運實現美好願景

大道的風景表現得自信
我已領悟方向該去那裡
後面的腳步已向我反應
所有期待督促著我盡力

好景在珍惜眼前的幸福
早晨的陽光已將我喚醒
天空的表現開朗而燦爛
灑下那幸福安排著光明

第 787 首．陽光的成就

人生的出路不止有一條活路
要不停的往前探索走出陽光的成就
任誰也無法把時間停留
上天的安排也只有這麼一道陽光
祂夜以繼日的把光茫燦爛了蒼穹
在運行中不停的燃燒著自我
日夜的溫暖明媚了依舊
祂用盡所有光茫和熱情照耀了輝煌
美得讓四季的花朵綻放出笑容
也照得我們心情開朗活潑和樂融融

一曲陽光的節奏陪伴了輕快的舞步
有誰能搭配於我?
待到曲終人散心失落
才懂得珍惜眼前的創作是陽光的追求
但那時已辜負了心動的音符
只能期盼陽光的旋律
再彈奏起命運的感動

在回憶中希望的旋律何時才再響起?
我不想在這陽光下被感傷自責所冷落
我要徹底放開纏身的苦悶
解脫為情的迷惑
了解淪落紅塵中深深的我
為何被苦海波浪所淹沒
又為何在一波波的浪潮中

（繼續第 787 首. 陽光的成就）
載浮載沉的呼救
我需要有陽光的開導
再找到大道慈悲的法輪才能獲救

第 788 首. 那希望的美夢

寂寞的夜晚靜靜的徘徊了我的心
孤獨的陰影黯淡我那完美的思緒
我只能把思念掛在那高高的天空
願那星空閃爍成迷人的夜色
讓月光照亮我們浪漫的心情

時間考驗著那愛的天空
讓久候的花朵在風中搖曳
綻放出那美麗動人的芬芳
那希望的兩情相悅
依然是牽掛著朝朝暮暮的心動
讓緣分繼續了那美麗的戀曲

第 789 首. 足夠的人生

在傳統的道場裡
我的信仰是一種敬畏的心理
我想看清命運的角色
想明白迷惑的天空

（繼續第 789 首. 足夠的人生）
我想知道天空和大地的相適
是一種五行相生相剋的原理

我看到一群人重複著恐懼
他們在自我安慰 裝作無辜
他們看著不自量力的人在奮鬥掙扎
看著有的人坐享其成
把人生當成是一場美夢
然後把夢想說成是一場空
把一些的過失說成生不帶來死不帶去

我從來也沒有埋怨命運是什麼
也不會懷疑所有奮鬥的過程
我只知道這是有一定的道理
這樣可以給自己自信
也可以給別人 希望

我們在生命中不要過於迷信
我們的儒家傳統教了我們怎麼做人
也不用怎麼清高的在上
只要好好的做好自己的本份
不用再捨近求遠
把自己的修養做好
讓自己能夠了解自己
這樣的人生就足夠了吧
不用像聖人孔子朝聞道夕死可矣
因為我們還有未完成的使命

第790首.那一個愛的故事

那一個故事你說那內容很精彩
情節也生動是一個愛情故事：
他愛的那個人還未接受他的愛
你說如果那只是單方的愛
就會只是一廂情願的感情
難以天長地久 遲早會分開

他想要她的關懷和疼愛
他常毫無保留的說出真愛
常癡心的等待那美好的花開
他以為已給了她想要的幸福
卻不知她早已有了心愛
現在她最需要的是堅定不移的愛
和能長相廝守的幸福
但他缺少了自信的音符
難以譜出承諾和告白
如果他辜負了她
她就可能接受了新愛
那時他再多的告白那甜蜜心動的詞語
也只是一種有緣無份的痴愛

愛她的人很多但都只能等待
等待她心甘情願的花開
綻放出美麗的色彩
才能共攜手走入幸福的未來
故事最後

（繼續第 790 首. 那一個愛的故事）
他們一同走向了浪漫的期待
徜洋在那美好的氣氛中
他們在路途上得到了有情的關懷
為此的美景良辰
已使他們走向了坦白
都心甘情願的付出把愛說出來

第 791 首 . 我的教訓

我無意中查覺了顏色
我看到天氣變了

天空下起雨
我找到一處希望安身
等待我過失後的改正
走出雨過天晴的方向

我花了心思
卻少了些陽光的溫暖
長不成了自然的大樹
而淚水留下了我的無知
也留下這次的教訓
讓我明白了那再犯的後果

第 792 首 . 一失蹤的好友

整個命運已不同
我的身心都感不適
我有些失落了
我是不是更難忘了
一個心動的對像
他憑空消失
令我更加憂慮和哀傷

19 年前年
如果我去找
那一片孤單的花園
看那美麗的心花怒放
會是什麼情景
我發現我還在自責
還想起我的不是

我夢中的你是陌生嗎?
為什麼你不說明白
是我的幻想嗎？
是我虧欠了你
你走了留下我的寂寞
也留下了我痛苦的心
我知道你還在意我
只是我再也找不到你了
我只能在夢中祝福你一路順暢

第 793 首 . 讓我看清迷惑

燃燒的空氣飄來一股爭議的煙香
模糊了想像的空間和差距
滿天的疑雲讓煙霧瀰漫到我們眼前
我試著看清楚那原來的美麗
但它們之中總有些莫名其妙的變化
卻突如其來的質疑和撞擊著我的信心

我感到這不是好兆頭
那懷疑的藉口總在輕聲細語中叮嚀
說出人生的希望和倫理的光明

讓我了解若往煙霧彌漫中行走
只怕失去了方向
也不能看清楚目標
且被煙霧蒙蔽了前方的光明
從此我明白自己的過失
我感謝朋友開導的明智
讓我看清這個迷惑
也了解了這個荒唐和不幸
我除了需立刻反省還要馬上改進

第 794 首 . 我等你很久了

你平常喜歡自得其樂
想過平凡快樂的生活

（繼續第 794 首. 我等你很久了）
你說
喜歡看我天真的笑容
每天都會想起我
把我放在你的心上

你來的時候
常帶一些禮物給我
要我珍惜、好好利用
還送我一把你彈過
開心的吉它
讓我愉快地彈奏

你總說有空要常回來看我
也說你一有時間就會打電話給我
可是我等得已經老了
說不定什麼時候就走了
我想
到時候你一定還會為我奔波
我怕你看不到我了

花開又謝了還不見你芳踪
也許風會穿越過時空
就乘風去你身邊繞幾圈
它會讓你明白我等你很久了
你還是很忙嗎？
還會想我嗎？
花園的花又開了

第 795 首．改進的計劃

我曾在那溪邊清洗過
內在的髒汙和外表汙垢
真實的倒影都浮現在我眼前
那乾淨的河流洗淨我過失的感傷
我從希望的那個方向
看清問題的迷惑
是我一時的疏失

我的世界只有單純的夢
我想用希望的柴火
來燃燒釋放出光明
想以熱情的溫度
維持一點希望的溫暖

我對於任何的批評和指教
都以接受和改進的方向反省
我從沒有任何沮喪的時間
我本該再重新思考那些的建議

我無意犯下的過錯
讓我迷失在一個妄想的空間都是疼痛
在沉重的心情中
我要找那一些正確的理由
來做為我改進的計劃

第 796 首.簡單的快樂

如何能讓我們擁有一些快樂
那一定是我們為生活努力了些什麼
快樂是一種心情只要我們樂意
就可以
讓每一天都有屬於我們的幸福
讓它充實我們的內在
使人生更有意義
也可以讓我們享受美滿的生活
以及更愉快的好心情

有時候我們會帶著微笑和快樂的自信
走出空虛
去拜訪一些快樂的朋友
我們只想生活過得更充實
像一個快樂天使把祝福傳送
為此前方的阻礙
也會被我們輕易的路過
讓一些挫折在困難時苦中作樂
讓一些生活的浪花
帶給我們多點幸福和快樂

一些快樂有說不完的結果
所以境隨心轉
希望每天心情都有陽光般的笑容
被快樂者擁有著
讓溫暖的關懷使我們每天充滿希望

（繼續第 796 首. 簡單的快樂）
讓我們冷靜也讓我們理智
也只有努力的付出才能
使我們擁有更多的快樂
只有心安才是每一天生活的享受

第 797 首. 我的用心

即然明白了是頭一回遭遇
那後面來的問題
都是類似的經歷和程序
用正確的態度去處理
用心的我也終於懂得去接受
那不同的待遇
我常在很遠的地方把那消息分析

想和朋友在一起說些生活的意義
想看天上星星閃爍著美麗
想走出一場幸福的寧靜
等待的是那一場美夢的來臨
曾經不變的規則遊戲如今出現了轉機
幫助我想創作的決心
接受我夢想的安排
在反覆琢磨的字句中完成

得意的時辰遊走在夢想的邊際
熱情的心高高在上的主宰現實
等我覺醒的美夢已物是人非

（繼續第 797 首. 我的用心）
只有我寫作的詩篇從不曾放棄那自信
美好的時光證明我曾用心
創作在空白的紙張反覆思考到確定

第 798 首 . 懂得生活

何苦無故的自尋煩惱
頑固執著於貪婪追求
好壞不同但造化弄人
只有心安凡事莫怨尤

當我們看見許多不同
那是被什麼矇蔽迷惑
滿懷失落無助的時候
珍惜得來不易的成果

現實殘酷當坦然面對
勿將他人評價看太過
生命無常當醒悟自我
於心無愧不計較過多

凡事用心自然能看透
一切經過要瞻前顧後
不用痴迷也不需妄求
懂得把握不要再錯過

（繼續第 798 首. 懂得生活）
長長人生希望和快樂
讓熟悉笑容充滿心動
想過多采多姿的生活
我們要懂得心情放鬆

第 799 首 . 我愛詩意的你

對不起我錯了可是我沒騙你
我還是那麼愛你
縱然我愛上那詩情畫意的春天
我也愛上那秋天景色
浪漫迷人的魅力

但我還是深愛著你
我喜歡夕陽下的你
看著你臉上淡淡的紅暈
嬌羞欲語更顯動人
你依然那麼美帶著成熟的嫵媚
綻開的笑容是那麼甜蜜

你知道我是詩人
我還愛熱情的夏天
也愛冷漠的冬天
我愛隨心所欲的的風景
也愛在那風雨中隨遇而安

（繼續第 799 首. 我愛詩意的你）
你知道我的思想很單純
像一杯白開水
有時候加了顏色
但沉澱過濾反省後又會還原
可是你相信我
也不怕我那多情的遐想
因為你知道我熱愛四季的風光
我想站在高處編織夢想的翅膀

第 800 首 . 人生的遭遇

怎麼對待人生好的遭遇
以及令人失落的方向
宗教帶來了一些信仰
祂帶給我們怎麼心安
並指出我們信仰上的不足

心中的地獄
正穿越每個人的思想
無論善或惡
都不甚明辨真理的是非
也不能逃脫這虛實的困擾

傷痛或許令我們覺悟
被認為是考驗
卻不能取代我們的無知
祂成為我們短暫期望

（繼續第800首.人生的遭遇）
驕傲的快樂
逍遙於於虛妄的追求
克制卻如自然的報應和懲罰
而人老的理性
改變了幸福

所以現在正層出不窮的原因
需要我們明白的勇氣、寬恕和互助

第801首.能力和自信

我還有多少能力可以為這命運努力
我還有多少自信可以
去完成一個堅持的使命
或許在困難的考驗下
我該有走出強風豪雨的勇氣不怕打擊
儘管非我能力所及的問題
也不應固執己見
只有堅持不懈的我才能爭取勝利
一些經驗已對我提出參考
讓沒有必要留下的過失
不再作無謂的爭議

天空以溫暖的用心取代了熱情洋溢
此刻正用溫馨關懷代替了質疑
讓我的心情舒暢而鎮定

（繼續第 801 首. 能力和自信）
只有
在時間中放下沉重的壓力
在實踐時保持信心
在努力後才能認識現實的環境
在短暫的機會裡
才能了解些付出的意義
才有更好的領悟和信心
對於眼前的不幸不用太在意
因為理想的堅持和實現
才能綻放出活力

第 *802* 首 . 甜蜜的戀曲

（詩歌未譜曲）

我曾陶醉那愛情的美麗
在浪漫過程中溫馨愜意
花開了吸引蝴蝶兒採蜜
綻放出你最甜蜜的洋溢

只要你喜歡我都很樂意
我一直把你放在心坎裡
從無私心也沒逾越分際
常向你表白說我很愛你

生命如烟花般稍縱即逝
把握絢麗多彩照亮天際

（繼續第 802 首. 甜蜜的戀曲）
感謝天賜良緣得來不易
珍惜相遇相知綿綿情意

接受祝福攜手往前繼續
讓愛的花綻放幸福香氣
相互容忍尊重保持默契
走向熟悉相愛相偎相依

第 803 首 . 把真心話說出口

簡單的一句話，表達我對你的尊敬，雖然沒有什麼特別的動聽；但已能簡明扼要的，把真心話說出口。

但有些話不能直說，直說就像火上加油；要運用智慧婉轉的說明。

在古代「中國」~『東漢末年』的歷史紀錄中，有三國鼎立的發生。如《三國演義》所記載的說明：「天下大勢分久必合，合久必分」。其中有名的「舌戰群儒」大意是說：「吳國」群臣說不過一個「諸葛亮」，個個對他，束手無策唉聲嘆氣地低下頭。

後來許多人又對他進行抗辯，最後都被「諸葛亮」，反駁得無話可說難以應對。於是開始了「諸葛亮」的「舌戰群儒」策略成功；使得「聯吳抗曹」政策確定。為以後戰事成功，「說出」滿意的結果。

像他英勇的仗義直言，且說話技巧高超婉轉；做事盡忠為國為民，有情有義令人欽佩。

(繼續第 803 首. 把真心話說出口)

所以說經過幾千年，沒有人說他說錯。我們看得到的歷史，它在教育著我們的緘默。我們要多說公道話和真心話，而且要有話直說；如果怕說錯那就要用心的說。

第 804 首.懂得寬容

我要使自己的心胸開闊
懂得寬容
並以樂觀來面對生活
因為有容乃大
能以寬容之度量處世
可以對人對事不苛求
容易獲得幸福和快樂
所以能以愉快的心情
來處理各種生活的疑惑

因為寬容可以控制心情
能理性來處理爭議和難題
不易憤怒和嫉妒
加上以冷靜和仔細的態度來分析
進而改變困惑
所以只有寬容
才能實際的面對人生
才有進一步改變的最佳生活

第805首．我寫下悔過書

知道做錯事或說錯話
也知道錯在那裡了
那就要懂得
「知錯能改善莫大焉」這個道理
為這次犯錯誠心的
道歉和悔過並且記取教訓

我自願寫下那悔過書
犯過則改
我感謝對方的寬宏大量
接受我的道歉
我寫出
那裡錯了該怎麼改進
該接受什麼處罰
並在立下悔過書後
馬上改過並以此作為警惕
時時深刻的反省

我們在這個世界上
還有什麼比寬恕別人的
胸懷更偉大
我知道愛我的人
也一次又一次地原諒我
他們等待我誠心的改過
我憑什麼要對方原諒我
我有的只是一片真誠
和悔過的歉意以及感恩的心

第 806 首 . 自知之明

我想學得自知之明的本領
了解如何盡己之才盡一份努力
來發揮潛能和奉獻社會
但我常自作聰明的忘乎所以
把原來書中的意義忽略
把小故事中的大道理也疏忽了
在窄小的書房中思想堆積雜亂
而溫馨感人的祝福不斷
還有許多好意我還未及時回覆
想到朋友們關懷全都是心意
讓我每天心中充滿感激

每個人的性格不同能力學識也有差異
我們不要在意自己的優缺點還有特色
我們要能自知把自己的缺點改進
發揮最大和最好的能力

一連幾天的思考是那麼多而嚴謹
從我筆中寫下些還像樣的句子
而自知是我的覺醒我都將改進和學習
我要有自知之明才不會
好高鶩遠的高估自己
像高傲灑脫的字句曾有幾人認同
讓單純的用心被填滿冷靜
也只有在清新的自然中
才會有新領悟和耕耘

（繼續第 806 首. 自知之明）
等一切有了生機
精彩才是我們想要的美麗

第 807 首.真正的美麗

那喜歡的穿著帶著甜蜜的笑容，向每一個人送出，一份份深情的祝福。
她外表迷人，接近她的人，都被她的熱情所迷住。
再加上她自信的妝扮，讓她自己陶醉在，許多的奉承之中，而不自覺。
許多人迷戀的是她的外表，並不是真的喜歡她的內在，而是想騙取她的美色。
她當然知道，自己正處於危機之中。
她只有改變自己的形象，才能從那麼的多的追求者中，找出真正誠懇，又真心愛她的人。
而且也能讓那些，迷戀於她外表的有心之徒，沒有可趁之機，才能讓自己重新回到安全之中。
所謂「色不迷人，人自迷」，她當然知道不應以外表的姿色，來誘惑人使人產生不良企圖的妄想。
於是她，再妝扮她的風采依舊莊重，但是看起來，更加成熟嫵媚。她並教會許多人，不能以容貌取人，不能迷戀女色的外在，要有好的內在美，以德服人，才是真正的美麗。

第 808 首.我希望你依舊的光采

天亮了這是一個美麗的早晨
那醒來天空已是陽光燦爛
我打開窗請溫暖的祝福進來
請風將我們今天的希望放飛
讓它順利的飛翔

當我看見你站在熱鬧的街上
心中湧起一種莫名的不安
路上是匆匆的人來人往
而你的形象在閃閃發亮
我相信這就是你要的美麗大方
你的氣質在人群中奔放
疑惑中發見你希望的幸福在後退
而前進的夢想也不順暢

路上的過客匆匆目標也渺茫
我希望有一天有人能開導你
幫你找回你自己的方向
但我幫不上忙
又有人說你已失去天空的晴朗
但我很想說出這是我們共同的缺失

就在今天不可預測的現實之中
我看見了神采奕奕的你
我想了一晚到天亮了
忍不住一種落後的現象

（繼續第 808 首. 我希望你依舊的光采）
我追求的腳步希望你轉過來
欣賞那依舊的光采

第 809 首 . 貧乏的生活

貧乏的生活雖可從物質方面
得到暫時的滿足
但仍需從心靈的充實方面著手
我們要明白物質的貧乏並不是主因
所以當貧乏的生活難以改變的時候
我們就應該讓自己先冷靜下來
深刻的思考
會不會因目前的「人窮而志短」
使自己缺乏了信心或是在知識和精神上的貧乏

充裕的生活雖容易享受
但也不是所有人、事、物都能滿足
只有減少不必要的浪費
然後用心去領悟精神上的困惑
降低對物慾的奢求和不滿
因為它們有時也是欠缺的
其實這也沒什麼不妥
即使生活貧乏
日子我們還是要過

（繼續第 809 首. 貧乏的生活）
只有先了解目前貧乏的一切
然後有努力就能過得更好些
進而從心理劃開貧乏的陰影
重新去發現希望和生活
設計出一套精彩的劇本
走出生活的弊端
才有可以期待的未來

第 810 首 . 努力和成功

有誰能肯定地說
努力就一定會成功
只要肯用心和堅持不懈的努力
其中的過程自然是值得肯定
最後的結果也會令人滿意

雖然追求那完美的
夢想並不難達成
但我們還是要朝理想
和正確的方向奮鬥前進
至少現在已接近了完美
榮譽和責任是理想的動力
要讓一生過得有意義
就要勇於接受挫折和考驗
當我們再攀上高峯
站在高處會看到
曾經的付出都是值得的

（繼續第 810 首. 努力和成功）
因此我們深感欣慰
並希望和大家一起分享
成為最完美的一個故事
讓我們在過程中得到
許多的幫助和鼓勵
我們感謝熱心又誠懇
參與的伙伴們
感謝他們的付出使我們的努力
是順利的成功

第 811 首. 內在美

美麗的內在莊重了儀態和內涵
也妝扮了外在的甜美
以高貴淡雅的形像
令人尊重

多少愛情的理想
使人心從痴迷到領悟了至善
也使人看透可以沒有青春美貌
但不能沒有內在的神采奕奕
那內在的美和善良
再度展現出了超凡絕俗的大度

第 812 首．你的人氣很高

你的人氣很高，希望你能利用文章，導正好友們的思想。讓自己多付出一些貢獻，也可以讓好友們，多了解一些人生的樂趣，這樣也是兩全其美，何樂而不為呢？
我們 po 文的意義，就是要寫一些正確的思想，為人生付出一點貢獻，讓看我們文章的人，能有所助益，而不是看了只是好奇，又不知所以然，那就失去文章的意義，看的人或許是捧場但看久了也不會進步，那就錯失我們寫文章的用心。
我覺得文章的意義，不是在閉門造車也不是左拼右湊的，寫一篇連自己也不了解的文章。古人說：「行萬里路 勝讀萬卷書」「孔子」為何「週遊列國」，而成為聖人，就是要「知行合一」才能把文章的意義發揮到極限。所以很多作家，他們都親臨其境，深入的了解，然後感受出，才能寫出一番轟轟烈烈的文章。

第 813 首．希望和追求

我們的人生永遠在追求完美
要接近真理需要通過所有的疑惑
要準備理性的行動則需要不斷學習
而無知的思想正被苦難包圍中
要進入現實要穿越虛偽的面孔
要自主獨立則需以道德規勸生活
我們時常反省但仍然面目可憎
那是希望回到人之初的本性

（繼續第 813 首. 希望和追求）
朋友親切關懷是否是希望的源頭
我們想知道什麼是希望和追求
會遭受什麼挫折？
只有接觸到那信仰和道德的修養
才能接受規範約束自己
只有誠實的懺悔以及實際的領悟
才能拿起那勇氣適應週遭的生活
我們原本是一個單純人

第 814 首. 憧憬的愛情

我憧憬於愛情的幸福
嚮往那燦爛的火花
當它點燃了情深意濃的瞬間
也照亮了我希望的每一天
我期待那色彩的亮麗便不再感到空虛
因為我知道愛情是要付出
許多昂貴的代價

當我覺得愛是付出的時候
就會期待對方愛的回報
彷彿一場甜蜜愛情戲的嚮往
但當我付出足夠的熱情
卻往往追求不到心中的偶像
那些不易遇到的愛情恰好的兩情相悅只能是可遇不可求的
妄想

（繼續第 814 首. 憧憬的愛情）
所以若是單方面的痴愛
而不管對方的冷漠
即使再怎麼鍥而不捨也無法令人心動
也不會有結果
為此我們在愛的劇本裡不能強求
也不應勉強湊合
只有正當的愛和兩情相悦才能持久

第 815 首 . 夢中情人

我的夢中情人啊，她喜歡我的天真善良，而我卻迷戀上她的姿色。我不該用有色的眼鏡，去夢見她變幻的美麗。

她常出現我夢中，是我想她太多還是她也很想我。我一直夢見她穿著很優雅。我到底是欣賞，還是迷戀她的性感？我不該再夢見她的美色，因為我已喜歡上她內在的魅力。

第 816 首 . 無語

你好像說過
但你已忘記
最後只剩下我的多情
要和我一起
過著令人羡慕的甜蜜
走上那條幸福的憧憬

（繼續第 816 首. 無語）
你看那園裡開滿了多少的承諾
還有繼續成長的幸福
你好像說過
在來日方長的感動時刻

而現在我在漫長的等待
突然想起我那些承諾言語
無法實現的憂傷

第 817 首.我真的後悔了

甜蜜的夢和美妙的詩
常常是我們追求的嚮往
它可能就在我們的身邊
等待我們一起耐心的尋訪

我有許多的夢想
但每個夢都很簡單
希望舊夢可以重溫
美夢能成真
一切都可以重新開始
只要我還有希望去圓夢
就能找回所有未完成的片段
讓一切重回到當初的感覺和信誓旦旦

（繼續第 817 首. 我真的後悔了）
只因為我當初的執迷不悟
錯失了幸福的門檻
也因為沒能留住你在我身旁
把你對我的規勸
還有許多的承諾都拋之腦後了
我真的後悔有那樣的荒唐

明知道你已在為我傷心難過
却又再次的明知故犯
期待你寬容的心
再給我一次的希望
讓這些美夢有了驚喜的轉圜

第 818 首. 我不再辜負你

我不該一錯再錯
讓你一次一次的傷心難過
我不該說錯話
對你有所批評和誤解
你是我最深愛的人
你永遠都維護著我
不管怎麼累怎麼苦
你從來都沒有抱怨過
我怎麼忍心讓你這樣
為我傷心難過
我會好好的反省

（繼續第 818 首. 我不再辜負你）
因為我要更加了解你
好好的來愛你
所以請你給我機會
給我希望
讓我再次用行動證明
我對你的愛
我絕不再辜負你讓你難過

第 819 首 . 枯萎的夢

可是思念的錯?
雨淋濕了我的世界
風吹亂了我的天空
淚水在眼眶模糊
我錯了任何醫藥物
不足醫好我的創傷
這到底那裡出了差錯?

為什麼總在傷害中的環境學著反省
我常期待的美好在回憶裡纏綿
幸福的時刻我為你
曾經那樣深深的陶醉著迷
考驗過後為什麼
總有些不信任的折磨

（繼續第 819 首. 枯萎的夢）
事事難料且在當今一場空
難過為你寫下承諾
心痛為你敬上一杯美酒
然後再次懇求你的寬容願你的諒解

那些曾經的誤會
早已過往雲煙
只剩下風吹落的思念
還有枯萎的夢

第 820 首. 了解命運的考驗

從命運的安排中我接到了考驗
才發現自己是多麼徬徨 無依
像站在陌生又熟悉的環境中
有點迷失無助和惶恐
此時的智慧和冷靜好像臨時缺了席
等走出錯誤的方向以後
回想起來才來懊悔不已

然而我無法迴避這考驗
我所景仰那風度翩翩的抒情詩人
他把自己青春歲月消耗在靈感的問題
我想下去只為了填滿那空白的生命
想為那詩意寫下不朽的道理
去創作無數珍奇美妙又亮麗的詩句

（繼續第 820 首. 了解命運的考驗）
為此我在努力的過程中
領悟、掙扎和前進
奉獻我僅擁有的心意
等待我的付出和用心再發展
慢慢的找回自己
且開始掌握的更多
也懂得敬畏了天命
讓生命走入了順其自然的彼岸
從此岸的信仰中
我已了解什麼是命運的真實和美麗

第 821 首 . 你的鼓勵

我知道你還在生氣
當我是段痛苦的回憶
但你已了解我對你的一片痴心
我怎能忘了你對我的鼓勵

無奈的環境被現實所逼
對不起請你原諒我
人生不就是一場錯誤的累積
要不停的改進和不斷的反省

因果仍然是我需了解的道理
只有你的溫柔能栽培我成熟的生機

（繼續第 821 首. 你的鼓勵）
我們的感情濃得化不去
天空充滿柔情的旋律
風雨中你的真情原來是那麼堅定
照亮我希望的光明和成長的活力

第 822 首. 最好的生活方式

追求兩種生活方式
物質和精神的生活
有時須兼顧有時必須調和
我就是一個生活簡單的人
我常向內充實而少向外追求
因為注重精神生活就不會空虛
不做物質的奴隸、不奢求享受
雖然每日粗茶淡飯心卻容易滿足

那展望未來的前途呢？
我常盡力而為一切樂觀面對
對金錢、物質、名譽都很淡泊
那使人期待的希望有多少呢？
只要能克制慾望煩惱就不易產生
那分析之後努力向上的行動呢？
我們應該放下妄想和執著
想凡事順其自然
在有困難的時候腳踏實地
耐心改進等待機會的出現

（繼續第 822 首. 最好的生活方式）
保持一種穩定的態度
面對正面的人生多充實精神的滿足
降低物質的奢求就是最好的生活方式

第 823 首 . 為人生用心

用讚美和鼓勵
代替指責和批評
用追尋的夢想
去綻放美麗的光明
用誠懇的熱情
去感動那已失落的信心

謝謝好友們的支持與鼓勵
我已走出了一個困境
卻還沒到達理想的標的
我帶著憧憬
走入那嚮往的高點
在人群裡尋找熟悉
在環境中適應樂趣
在繁忙的留言中回覆訊息
我忙碌了一整天
自問生活中有多少時間
可以為初衷付出和用心

（繼續第 823 首. 為人生用心）
百忙之中的好友們
要經歷人生才能正確的了解自己
讓我們好好關注對方
多互動然後能熟悉
多為人生共同來付出和用心

第 824 首.婚姻的考驗

我要向好友們講述，我的所見所聞。
事情發生的經過，是一段不幸的婚姻。聚集的一群人，在討論進一步的藉口，和離婚後財產分配，以及生存的價值。
人生像一個閃爍變幻的舞台，而痴心的迷惑，只是一場妄想中的美夢。
有人請抽菸，喝酒，常忙著交際應酬，把臉孔和妝扮的神情，表現得異常出色。
這是花錢消費的夜晚，有一種多情浪漫的溫柔。在羞澀的低頭中，難守的純潔，也不過是發黃操守裡，變色的原則。
如果沒有意外，有的人就要發出小費走進那多情的幻夢。這裡有最新鮮的臉孔，和迷人的笑容。
這是常人發洩的藉口，大家知道的放縱……，一種冒險自由的無拘束。
此時的考驗，和患難的真情，才是真的感情。
凡是經不起考驗，或是感情已出現裂痕那早已被侵蝕。
過分的寬容換不回愛情的長久，只有等待一場婚姻立場的考驗。

第 825 首．幸福的園地

那幸福的光明，在朦朧的月色裡，發出閃爍的美麗，照亮那幸福的園地。我踩著不平的前進，經過那高低的起伏，走出希望的憧憬，終於看清了實際。而障礙的盲目，則需要特別的用心。

那幸福的園地經艱苦的開懇，總要繞過前方的疑慮。
離開了黯淡，陪伴的是自信的身影，和清新的呼吸。
而滄桑的過去，卻在那美好的面前，感到遲疑。讓無所適從的每個方向，都展開新鮮的好奇。

此時幸福路上的春天，有著高高在上的枝葉繁茂。它正吸引了風的魅力，吹拂著花枝招展的生機 。而停在遠處希望的光明，正扮演著一個角色，它在提醒那裡有一處幸福的園地。

第 826 首．以文會友的知己

通過社團中的詩詞往來
以文會友及許多的筆墨交流
我們之間已能相互了解
進而無話不說
且能分享彼此的快樂和祝福
也能分擔相互的寂寞和憂愁
自從認識些好友以後
我每天都很快樂
好友們天真善良的思想
我常牢記在心中

（繼續第826首.以文會友的知己）
感謝好友們一路上支持我
給我祝福、鼓勵和指教
像你們這麼難得的知己
已在我心中激起一股暖流
你們已成為我最好的知心朋友

我從書中學習知識寫出感受
再回到默默的思考之中
使我曾經的疑惑突然豁然開朗
那是我唯一的信仰
祂開導了我的迷惑
穿越在苦海中的折磨
我有今天的一切
是因為有一個正確的方向
省了大部分的時間可以錯過
許多的不是
我是一個沉默寡言的人
看著朋友熱情的祝福
就像陽光的溫暖照亮我的每一天
感動著我的心靈

第827首.愛的日記

所有的誤會都已成障礙
所有的解釋也是多餘
卻永難忘記那是無心的過失和爭執
在那個愛的季節裡遺失了歡聲笑語

（繼續第 827 首. 愛的日記）
無論我如何地去彌補
傷心的你已失去寬容的勇氣
而你失望的心情久久不能平靜
慢慢流下掙扎後的眼淚

而我寫下那日記是甜蜜的事實
緣分使我們走在一起
它讓我們相識相愛是多麼不容易啊
我一再誠心認錯和反省
希望真誠能感天動地
期待愛情雖經挫折仍然
有纏綿的憧憬

第 828 首. 好心腸

想擁有副好心腸，那就要存好心、說好話及做好事，才能感受出生命的喜悅，和離苦得樂的慈悲心。
同時也要進一步關心別人，給予必要的協助和鼓勵。
那平常要多用心來實行，且不應濫用好心腸。並時時注意犯錯的改進，不能馬虎和模糊了焦點，才不會有不當的言行。
在夏天我喜歡涼風，常坐在樹下，看著好心腸的人們，露出笑容。
這條人生的路上我只是一個過客，便利店裡的消費族群
我常在，沒有約束的路上行走，而此時的孤單，只是片刻的紛擾和空虛。

（繼續第 827 首. 好心腸）

我還有多少時間，可以證明我改進和反省的用心。那些質疑般的打擊，像樹木在秋風裡灑落它的負擔。

有些好友雖不常聯絡，卻常傳一些祝福給我，來表達他的關心，安慰了我黯淡的情緒，鼓勵我維持上進的決心。

讓自己慢慢擁有一副好心腸，懂得惜福和捨得才能改變命運。

第 829 首. 雨中的堅強

這是個陰天
雨在我們的身邊
雨中失落的景像
一種錯綜複雜的感傷
難過也不會太長
我始終在關注
一些花綻放的燦爛
一個曾經的過往
在雨夜徬徨

我要怎麼過才能保持自然
那在風雨中堅強的朋友
在堅強中學到的現像
我觀察這些受益不少
這場考驗是一次難得的機會
就讓雨清新我們的心靈
像植物的堅強
在這雨夜使我領悟內心的乾涸

第 830 首.鍾情的唯一

（詩歌未譜曲）

你是我這一生鍾情的唯一
也是我這輩子難求的知己
相信緣分安排我們在一起
命中注定讓我來好好愛你

我心中的你已無人能代替
你的幸福是我堅持的努力
讓我用全部的愛來照顧你
陪伴你一生同行不離不棄

第 831 首.思念的感覺

我無法說出那思念的感覺
在腦海裡徘徊的都是
你優雅的倩影
你的微微一笑你的輕聲細語
已輕輕的撥動了我的心弦

思念像一場纏綿的雨季
飄落下綿綿密密的雨絲
淋濕了我的心情
也滋潤了我心靈的乾涸
讓一場唯美的浪漫
痴情已久的承諾許下天長地久

（繼續第 831 首. 思念的感覺）
那命裡注定的邂逅
已在詩情畫意的柔情中陶醉
我該如何才能與你相依相守
那朝朝暮暮的思念
總是與日俱增
想得最多的就是你的善良和溫柔

第 832 首 . 那深愛的記憶

那深愛的記憶
曾有相見恨晚的詩意
那思念的曾經
又豈只是痴情的唯一
那錯過的感情
在命中註定的悲劇
想要忘記談何容易
那想要找的人在那裡？
那未曾因錯過朝陽而傷心
他在等待稍後夕陽西下的美麗

第 833 首 . 緣分

我應該珍惜上天賜予的緣分
維持得來不易的愛和幸福
決不能被環境所惑而改變初衷

（繼續第 833 首. 緣分）
像談完的生意
得意時滿臉春風有說有笑
這樣的交際
有如此多的誘惑和新花樣
但是我還是在乎原則
盡量減少不必要的揮霍

我想跨出最貼心的腳步
投入最真摯的感情
每天用最好的讚美和鼓勵
說出最美妙的詩意
想對任何回報都表達感激
也想付出喜歡的行動
讓彼此得到肯定和良好的感覺
來維持美好的愛和幸福

第 834 首 .獻上特別的鼓勵

美好祝福表心意
傳達關心的話題
承諾為愛來努力
獻上溫暖和鼓勵

感謝有你的情誼
念念不忘在心裡
改變一切靠自己
實際行動不投機

（繼續第 834 首. 獻上特別的鼓勵）
知心朋友要珍惜
慎防不肖假仁義
騙取同情和憐憫
三心二意失良機

第 835 首 . 文字的樂趣

詳讀每一篇有意義的文章
他的內容每一段都是妙字嘉句
和深入主題
每個寫作的人都是
從書籍、人生閱歷、生活旅行……等
從中去想像尋找新鮮的靈感
用靈感想像文字的樂趣
進而漫遊於創作的天地
彷彿在一望無際的海洋
捕捉漏網之魚

語言是人類走向文明和溝通的工具
而文字是語言進步的符號
文章是文化的傳遞和知識的累積
像幼兒牙牙學語先學會說話
稍長之後再學習識字
把文字牢牢記
把喜歡的故事看完滿足了好奇
再大一點從書中學習知識

（繼續第 835 首. 文字的樂趣）
用希望編織夢想
用努力讀書來出人頭地
所以現在能把文字組合成自己的創作為我們寫下一頁傳奇

第 836 首．愛你是個寶

（詩歌未譜曲）

當有人愛你你就是個寶
若沒人愛你你就像根草
這世界很現實也很奇妙
今有人愛你你卻受不了

若此時你不懂得去珍惜
就會錯過那曾經的美好
而今你喜歡奢求和妄想
只會忽略那愛人的重要

當然也難圓滿和兩頭空
你會為情所困為愛煩惱
怪自己不能把握好「因緣」
自作自受讓心情一團糟

第 837 首.這份友誼

這份友誼在患難之中建立得來不易
所以先有因才有緣然後才開花結果
無論緣是深是淺或長或短
只要我們能遇到的都要好好珍惜
為此朋友需要以寬容來對待
精心的呵護和用真誠去維繫
才能保持良好的關係

我們不應把友情當兒戲
我們要以禮相待做好人際關係
處在當下現實社會的今天
或許有些感情已經麻木了也冷淡了
但友情是稍縱即逝的
我們更要好好的把握和珍惜

讓我們友誼的關係
像蜜蜂和花朵一樣的美好和自然
讓我們了解共生共榮的意義
假若失去了另一方
將使幸福和純真的友情
一去而不復返
到時想再追尋
也難找回比那更好的知己

第838首.我想要你回來

你走了？我想要你回來！
我怎能面對如此強烈的痛苦
又怎能接受這樣的悲哀和不安
你選擇離開教訓了我
如今我能說出的一切
已成為跌落谷底的迴音

現在你對我不理不睬的
對我的解釋也無動於衷
你回來吧！
我已認真地反省過你的話：
你用一生堅持的原則
你要求我實現的諾言
你對我的寬容諒解和期待的心情

我要緊緊跟隨你
現在去找你道歉並和你站在同一方
你怎麼忍心將我拒於門外
你回來吧！我不能沒有你

第839首.今生將不再愛你

今生將不再愛你
也會離你而去
只為你的無情
你已違背了曾經

（繼續第 839 首. 今生將不再愛你）
今生將不再見你
也會把你忘記
只為你已動搖了諾言的甜蜜
再多說的也只是些欺騙

今生將不再恨你
也會放下和你的恩怨
只為當初的美夢已醒來
現在剩下的只是空虛

第 840 首.你是我的良師益友

你是我學習中的良師益友
是我人生的救星
你適時的出現帶著快樂和祝福
給我希望讓我充滿活力

你讓我看見信仰的光茫和輝煌
祂漸漸地照亮了我的前方
我崇拜的偶像神被重新啟發
修行也已成為見賢思齊的良方
所以我不能讓人生再虛度
我只有選擇修道才能走出對的方向

我所犯下的過失不僅是
對那些迷惑的妄想

（繼續第 840 首. 你是我的良師益友）
而我所能改變的也只是
那幾張悔過的替換
為此因果和報應就會根據
我種什麼因得什麼果
最後我也只能自作自受

一些我無法成真的美夢
已不能再有非份之想
那樣只會造成我心靈的負擔
而你是我學習中的良師益友
你早已覺悟了道的輝煌
在此岸上你用全部的善良
度化了不少迷途的浪子回頭

第 841 首 . 他們的浪漫

在那個充滿浪漫的夜晚
有幾分醉人的遐想
他們深深吸引了對方，而且深情的相望。

他們已學會了細細品嚐著生活
在花前月下聞著瀰漫的花香，看著蝴蝶雙雙飛舞著甜蜜，也讓自己的心情隨之綻放。
他們唱起了喜歡的情歌，撥動了浪漫的心弦。
聽著蟲鳴鳥叫，把心情放鬆得自在逍遙。
他們漫步在美麗的夜色中，愛上了期待已久的浪漫。
於是點燃了氣氛也凝聚了激情

（繼續第 841 首. 他們的浪漫）
他們追求著美好的憧憬
從此之後互訴衷腸
對人生抱持著美好和樂觀
對生活保持了甜蜜而溫馨的希望
現在已編織出許多的完美的故事
也沒有當初的顧慮和爭執

第 842 首 . 愛情的故事

（詩歌未譜曲）

我終於明白你難過的滋味
我好想及時的來給你安慰
我願意付出我所有的一切
只要你幸福我都不會怕累

你為了愛我從來都沒後悔
你常盡心盡力也問心無愧
這證明我們的愛充滿機會
好期待那幸福美滿的滋味

我們愛情故事是精彩完美
肯定是那上天安排的一回
我會好好珍惜的盡力而為
相信我們緣分是上天來給

第 843 首. 我們相愛吧

那麼讓我們相愛吧
永遠也別說分離
或許這樣才使得心情安定些
你應該在人生中找到你的幸福
緣分必將安排給你一個美滿的歸宿

即便是苦苦的追尋
但有一種緣
注定我們一輩子
不能在一起

或許時間有機會讓我們相遇
卻沒留緣分讓我們相愛
幸福似乎很真又很美
卻像瞬間的流星劃過的天空
留下短暫的燦爛

而我卻無法把握他
你也不必再自責
當我像寂寞的深山孤獨的風景
默默地欣賞那自然吧

第 844 首 . 更好的緣分

青春的活力在都市裡
洋溢著生命的嚮往
美麗和天真也在
她的臉上綻放出甜蜜
此時愛情正填補她的空虛
他們所有的交往都陶醉
在甜蜜之中
但已模糊了虛幻的浪漫

他們的感覺是緣分到了~
多少年來時間已融化了
兩個冰融已久的孤單
和唯恐消逝的緣分~
他們已交往出那一段美妙的憧憬
也昇華了那一刻幸福和夢想
而此時的陽光正照亮了
他們幸福的前方
讓他們仔仔細細推敲著
那婚姻的可貴
感覺像一場冒險刺激的考驗

他們的感覺是緣分淡了~
他們希望命運來安排
或許是他們的緣分也已到了
那將是輝煌而燦爛的曙光
他們寧願相信那是幸福的光茫

（繼續第 844 首. 更好的緣分）
卻在無意中高估了對方
因而再度拉長了無奈的暗淡
讓那些驚恐的惡夢把愛推翻
為此他們只好在時間的悲傷和恐懼中
轉變他們的方向來找出更好的緣分

第 845 首. 夢見了春天

即使夢見了春天
跨越了那段嚮往的距離
看見了春光的燦爛
也欣賞到了桃花的怒放
感受那迷人的清香
但沉睡已很久了
終究還是要清醒
醒來面對這寒冷的冬天

那場夢裡有我們的爭執
和不愉快的問題
但夢醒了我也忘了
那夢的美麗
只記得清醒以後的舒暢
我又看見你幸福的笑容

你是我的寶貝也是我的唯一
你我在浪漫中共渡了一生

（繼續第 845 首. 夢見了春天）
守護那曾經不變的承諾
可我的心還憧憬那春天的溫柔
美麗的風景

但夢終會再找回來的
我想與你攜手漫步
度過那冬天的風雨
共欣賞那春天的花朵
走入甜蜜的花季
只要與你在一起就有幸福甜蜜

第 *846* 首.如果說

如果說
這個世界多了我
我原本是那多餘
反正有沒有那也沒差

那世界就當我是燃料
把我燒乾淨吧

那就當我是火花
是燦爛留下的那一瞬
閃爍的回憶

（繼續第 846 首. 如果說）
我不在陷入空虛
那就讓我消失在無怨無悔的世界

第 847 首. 你的生氣

你的生氣
是因為我一再地犯同樣的錯誤
你時常提醒我的無知和任性
這世上除了你還有誰那　在意我?
你的生氣帶給我改變的動力
我不敢再盲目的橫衝直撞了
我已要求自己訂立一個目標
做出改進的成果

我長久的脾氣
常有克服了又再犯的痛苦
是我揮之不去的折磨

而我一次次的任性是可以改進的
卻讓我自以為是的一意孤行
但我也用心和認真的反省了
到最後總是又疏忽了
彷彿所有的領悟再一次重來
成了另類的改進模式

（繼續第 847 首. 你的生氣）
我已徹底的了解你的擇善固執
你都是為了我好
謝謝你對我的肯定多於否定

第 848 首 . 我的唯一

世界那麼大，能讓我遇上你，是我的福氣。
溫柔善良的你，已深深印在我腦海裡
我快樂的想著，連作夢的也會夢到你。
我愛你一輩子，除了你已無人能代替
你是我的寶貝，也是我的唯一。
時間可以證明我對你的心意，距離也不能阻止我的情意 。
我生要陪你，死也要與你立下誓言，來世再相聚。
我日日夜夜想你，一心一意愛你。
若問世間情為何物，我將以生死相許，來愛你。

第 849 首 . 我愛妳

我愛妳勝過我自己
像天空守護著大地
大地也深愛著天空
在天地裡相偎相依

第 850 首 . 最美的情緣

妳是我最美的情緣
天天陪伴在我身邊

和我走過美麗春天
陶醉著甜蜜的諾言

我們渴望那幸福感覺
徜徉在愛和祝福之間

第 851 首 . 我的思想

我的思想一直建立在
事實的根據上
所以我只要掌握夠多的真相
就越容易有正確的思想
也會更明白問題的本質

在實際的生活中
有許多人沒有自己的主張
他們都是先看或聽別人的意見
然後再跟進而被約束於其中
而我的思想有時也會產生偏差
但也不會太偏離主題

（繼續第 851 首. 我的思想）
我對一種人事物的思想
看法有時對有時也會錯
在對的時候通常是在一般的況狀下
但在另一現況又會顯得頑固不化
為此我對於平常發生的人事物
就不應有先入為主的觀念
並且要與人多作交流溝通
那樣才能有優質的思想
和開朗的人生觀

第 852 首 . 我的感受

在人生的過程 我寫下精彩、
完美、考驗、奮鬥
我需經歷一場轟轟烈烈的愛情
才能寫出好的情詩
我需度過風風雨雨的折磨
才能栽培出好的結果

人生啊沒有一帆風順
不必感嘆也不必憂傷
更不能幸災樂禍
只要有正確的思想
以及一副好的心腸
就能在一生中過得平安順暢

（繼續第 852 首. 我的感受）
我用心領悟了道理 寫下一些詩詞
分享給大家快樂
也讚美了人生 但我卻從不讚美自己
一些簡單的詞句 又將分工合作
重新組合出我的感受

第 853 首. 受到足夠的重視

人之所以沒有受到足　的重視
我認為是缺少了:「忍讓、
多了計較、行為不良、
亂發脾氣和失去信任……等等」
這僅僅是我的一些領悟

有些人活在世上
非要等到別人對他產生了反感
而不想與他來往之後
他才會認真的思考心中的感受
然後把自己改善

多麼委曲多麼失望啊
可惜的是他們選錯了方向
往往走上了極端和痛苦
而無法認清自己和對方

（繼續第 853 首. 受到足夠的重視）
我們只有學會相互尊重、
容忍和信任
並時時反省自己的言行
和放下自私的偏見
該勸告時就勇於勸告
該鼓勵和讚美就應真心的祝福
這樣才會擁有真正的快樂
進而獲得對方足夠的重視

第 854 首 . 有理想的人

作為一個有理想的人
我們應該刻苦耐勞努力向前
對人生設計出適合自己的目標
在人群中找到自己所要的位置
這個世界仍然是公平而精彩的
它屬於任何有抱負和願意付出的人
就是有機會讓我們充滿能量和動力

為此我和朋友曾在漫長的合作中
討論過怎樣獲得一個成功的契機
甚至可以計劃開創新的事業
雖然辛苦和忙碌但那是
我們目前要共同克服的問題
假如太輕鬆就會擔心沒有作為
太困難又害怕半途而廢

（繼續第 854 首. 有理想的人）
所以現在我們不能怕吃苦
那以後遇上困難才能克服

第 855 首 . 你可別懷疑

你可別懷疑
我說的全是真心話
我的思想就是那麼單純和樂觀
我常望著藍天
任思想海闊天空的飛翔

我本來就不太會說謊
這是我善良的本性
只要我過得安心
你就看得順眼了
我不能再辜負你的苦心
希望你也別再對我失望

我是浪漫主義者
不會受環境的影響
我可以自由控制我的心態和思想
讓我追尋夢想的腳步
永遠也不會停止

我想用浪漫唯美來裝扮我的臉孔
用一顆優雅的心

（繼續第 855 首. 你可別懷疑）
去感受那美好的一生
用真心的愛去交換那唯美的嚮往

第 856 首 . 命運（五）

人活著就會漸漸地暴露出
身上的叛逆
唯獨捫心自問的時候
才是自己的真心
它總在最沒自信的荒涼中
看透自己的懦弱和缺陷
慢慢地疏忽客觀和理智
把握在手裡僅存的一點價值
也出清了
迷失了自己也傷害了別人

所以人活著需要鼓勵
也需要有人關心
我們承受不起太重的壓力
誰不希望自己是幸運兒
像一隻蝴蝶的命運
希望的不只是美麗
一朵花的青春更需要陽光、
空氣和風雨

（繼續第 856 首. 命運（五））
或許生活著認識的人不多
知心的人也很少
讓有些人走著走著就
迷失了方向也模糊了意志
但有些人卻以默默承受來回應
他們用什麼時候哭
什麼時候笑來克制
讓美麗的天空充滿空虛

所以能走出沉睡的大地
已不容易
而能堅持的人若能建立
信賴的人際關係
就值得肯定
為此只有以適當的冷靜
以加倍的耐心活着
才能為以後的自己調整好身心
完善自己的人生與效率

第 857 首. 你是我春天的花朵

我清楚地記得你對我說：
「你喜歡春天、喜歡千姿百態的花朵」
而我喜歡你的浪漫、喜歡你的選擇
也喜歡那春天的百花盛開
你就像我心中那朵最迷人的鮮花

（繼續第 857 首. 你是我春天的花朵）
迎著春風起舞讓你粉紅的臉龐
洋溢著青春的光彩
綻放出燦爛的笑容你改變了我的世界

我喜歡你
我可以為你改變得很快樂
你讓我的人生有了寄託
生活也有了重心
慢慢的我變得更有精神了
只有你可以讓我過得更幸福快樂
你讓我知道平常偶爾的吵嘴
是因為你是多麼地在乎我

現在我只想為你付出得更多
陪你在寒冷的冬天裡度過
讓你有溫暖的感受
我會更安份守己的不再迷惑
你會看到我對你真誠的呵護
因為你是我的春天是我心中的花朵

第 858 首 .輾轉難眠的夜晚

懷抱著輾轉難眠的夜晚
淺憶些感情的波瀾
我思緒萬千
不知遠方的你是否入睡

（繼續第 858 首. 輾轉難眠的夜晚）
願你枕著我的深情入夢
再添些我濃濃的愛意

感嘆窗外呼嘯而過的風雨
像在拍打我五味雜陳的心
我開始經不起折騰忍不住傷心
收拾場面難堪的荒凉
唯恐滿心的期待化做惡夢來襲
幻滅我希望的憧憬

我知道每一次的爭執
都換來你對我的不滿
你想告訴我愛情是朵帶刺的玫瑰
若是不懂得欣賞兩顆心就會
慢慢的疏離

當到了這個變冷的氣氛
我注視窗外的天空黯淡而覺得惋惜
在情感的邊緣我等到風雨過後
希望能看見彩虹的美麗
讓我們再度攜手向前的永遠開心

第 859 首 . 不再犯同樣的錯

當我覺得說錯話或做錯事的時候
就會很難過和自責

（繼續第 859 首. 不再犯同樣的錯）
當我一再道歉得不到諒解的同時
也會感到空虛和失落

錯誤的經驗已經教育了我
對於現在的領悟
我心懷感恩
因為我已知道傷害了
那些善意的寬容
為了避免錯誤的過程一再發生
我只有下定決心痛改前非
才不會讓那些愛我的人
再次的受到折磨

至於那些遺憾的造成
我已無法再自圓其說
我只有反省和改進
因為那已經造成永遠的傷痛
是我的錯過就讓我留下長久的痛
這樣才不會再犯同樣的錯

第 860 首. 寫下感動的輝煌

有些獨自的想法往往過於主觀
但為了引人注意卻常常言過其實
這又如何能夠觸及他人的感想？
有些希望的美夢往往過於樂觀

（繼續第 860 首. 寫下感動的輝煌）
但為了一時的嚮往卻常常事與願違
這又如何能被人喚醒

我今天有最用心的句子
表現恰當
讓我寫下最美妙生動的描述
讓那讚美的文章有期待的分享

當我們接受一些溫暖的祝福
就有如沐春風一樣有一種難得的種快樂
當我們看見一些浪漫的風景
就有如置身世外桃源一般
可以看到花開的燦爛
聽見自然的音符
也感受了生命的活力與和諧

就讓那一些值得的珍惜留下
等到了我們真正懂得了今生
才發現那些難得的過往
已萬象更新
記得帶著微笑給予好友們祝福
給那些愛我們的人寫下一些
感動的輝煌

第 861 首 . 感傷

心事重重又感傷，輾轉難眠夜變長。
思索曾經的錯過，百感交集心徬徨。

第 862 首 . 寶貝我愛妳

（詩歌未譜曲）

寶貝妳像天使一樣的美麗
為了愛妳我甘願付出到底
永遠堅持幸福美滿為第一
讓我們攜手實現愛的真諦

寶貝我要好好的為妳努力
會忍受愛的風雨淅淅瀝瀝
會追求幸福和完美的甜蜜
為了妳付出什麼我都願意

寶貝我們有愛自然在一起
有緣相聚應該好好的珍惜
要細水長流感情才有意義
讓幸福美滿充滿愛的活力

寶貝我對妳的愛充滿感激
我對妳的真情一生永不移
我要聽妳的話不讓妳生氣
我要照顧妳一生不離不棄

第863首．了解如何做人

做人難得的是
要有好的規則和好的心態
做事難得的是
要有堅持的耐心和勇氣
即使屢屢受挫仍不改初衷
活著難捨得的是
真情的可貴
還有一份對慾望的執著

有些人只為心情而活
常被一些困惑所左右
而感到人生乏味活得辛苦
有些人心情好的時候
就得意忘形的不知節制
讓許多虛偽的笑容趁虛而入
破壞了他做人的原則
也辜負了他原本好的心態

所以當我們缺少了理智
那麼別人再多的勸告和提醒
也糾正不了那些錯的問題
和那已造成的現實
為此我們只有了解如何做人
好好的活著就不會很難生存
只要保持「中庸之道」
和永保「人之初的本性」~善良
就可知「道」而不再迷惑

第 864 首．他們分手的藉口

他們走著相逢在陌生的環境中
進而同行有了相識的時候
為此相遇而相聚也為此相知而相惜
最後陶醉在浪漫的相依相偎中
但卻因他們的個性不合受環境左右
讓緣分盡了而分手

他們曾在陌生的路上同行
在熟悉的美好中攜手同遊
一起走過風雨爬過艱難的山丘
他們走著
穿越那滿心期待的自由
卻徘徊在那希望的圍繞中
迷失了路口走不出　執的差錯
最後各有了不同的質疑和困惑
於是選擇了一個離別的藉口

現在他們的心情
比一落千丈的谷底還要荒涼
沉溺在潮濕而陰暗的泥濘中
難以自拔
現在他們的身體
比那枯　的枝葉還要脆弱
讓冷漠妝扮了他們的臉孔
以至於神情有點不知所措
他們繼續沉淪在失落的環境中

（繼續第 864 首. 他們分手的藉口）
任憑時間無情的折磨
最後讓四周的沉悶無聲無息的持續
感覺不到有新鮮的空氣在流通

為此不論是什麼理由想分手
請考慮緣分的安排然後做理性的判斷
才能好聚好散的把傷害降低
而分手也不一定是負面的結果
與其浪費時間在糾纏和爭執的痛苦中
倒不如給雙方一個空間和自由
其實他們可以更珍惜和了解對方
然後找出更好的機會去面對那
已失去的事實
為往後的交往做好準備

第 865 首 . 在那喜歡的日子裡

（詩歌未譜曲）

在那喜歡的日子裡
我情願化作一隻彩蝶飛舞著美麗
把愛的種子灑向那適合的土地
讓滿是芬芳的花朵了解我投注的心力

在那感動的時刻裡
我情願去栽培那花開的美麗
讓花開滿那幸福的甜蜜

（繼續第 865 首.在那喜歡的日子裡）
其實你早已知道我的心裡
又或許你很想告訴我你的情意
只是你先用迷人的微笑來嘉許
對我的種種努力也有過不少的歡喜

到那天一切真的實現哩
在我們欣賞的花園裡
有花開放了鮮豔的美麗
有你的笑容表示對我滿意
讓月光下的~花前夜色更有魅力
此時有人羨慕你的生活真的很愜意
讓我情願像園丁一樣的守護著美麗
為此盡心盡力即使精疲力盡我也願意

第 866 首.常常笑

笑是她最美的神態
看了令人心花也開了
笑是她綻放開的魅力和光采
讓人遇見了有嚮往的未來
笑是她沐浴的春風
徜徉在遐想中有幸福的可愛

看了她迷人的笑容
我們也心動的笑了出來
笑就像一面鏡子

(繼續第 866 首. 常常笑)
當你笑的時候
鏡中的你才會跟著你笑開懷

所以我們要常常的笑
並且一有空就要笑
笑出自然笑走煩惱和不愉快
在天地中只有笑是幸福的良方
勿笑裡藏刀才不會傷人害己
只有開心、善良、知足、
和幸福的笑才能幫助我們
克服難關和走出自信的人生

常常的笑能使我們氣血通順、
關節靈活、頭腦也變得靈光
常常的笑更能讓我們的
身體健康、心情輕鬆
假如我們每天都以笑來做溝通
那麼就能表現出情感的愉快
也能讓思想也跟著樂觀起來

第 867 首.旅遊的甜蜜

旅遊有旅遊的嚮往和目的
旅遊有旅遊的感動和歡喜
旅遊使我們蒐集了
許多甜蜜的回憶

（繼續第 867 首. 旅遊的甜蜜）
它拉近了我們愛的距離
也使得我們期待的故事
有了精彩和美麗
它有許多的經驗告訴我們
「行萬里路勝讀萬卷書」
但是我認為只有為了愛的甜蜜
才能令我們有心動的勇氣

即使是為了浪漫而去冒險
為了嘗試著不同而去改變的經歷
為了要去一個從沒去的地方
為了要路過一些坎坷的崎嶇
那也會試圖說服自己
花費適當的金錢和精力
靠的是有共同的夢想和堅持
想的是把旅遊換個方式生活的樂趣
讓生活又對旅遊的精彩產生了好奇
然後計劃出一次次旅遊的甜蜜

第 868 首 . 你深刻的影響

你給我帶來的影響很深刻
讓我了解那收穫得來不易
你給我恬靜的田園帶來生機
讓新鮮的空氣與雨水
有更加豐沛的滿意
現在你已看見世界為我而喝彩

（繼續第 868 首. 你深刻的影響）
謝謝你
為我帶來一片生機勃勃的活力
也能感同身受的鼓勵我上進
我已把你當成最好的朋友
也期待你人生是多采多姿的美麗
且能得到應有的尊重
我希望能陪你走入風光的明媚
找到有你所需的幸福和肯定
讓我仍然不變的是想為你
繼續的付出 做你希望的依靠

想你留下那些完美的陶醉
想陪你一起彈唱那曲美妙的音律
做你最信任的知音
你看那天空的舞台千姿百態
星辰也變化出我們想要的光彩
所以只有滿懷喜悅的心情和憧憬
才能在那理想的春天中隨風而過

第 869 首. 那故事有你

故事是一個可以繼續寫完的幸福
寫多或少都有我完美的比例
時間需要有更多的真實
來說服我所想追求的感動

（繼續第 869 首.那故事有你）
理想中的過程浪漫的爭執
讓生活的浪花多了些快樂和幸福
而所需的精彩也要有一個
清楚的交代

真的那故事距離實現
還有一段艱辛
一段難以取捨的感情
需要時間來冷靜
一顆期待的心需要有明白的劇情
還有可以遐想的結局
因為那故事有你
此情應是命中有
要認真寫來真的不容易

第 870 首.坦然接受的朋友

我不懂你為什麼，要借錢給那些朋友，替他們取一些被同情的理由；

讓那些不幸的遭遇，找到受幫助的藉口，然後無牽無掛的把煩惱看透。

你不了解他們，且不求任何回報，你只是淡淡的說：「努力使自己成為他們，可以依靠的朋友。」

我不懂你為什麼時常憂愁，記著王某、陳某、黃某……那一些人的生活，讓他們把你看透了。他們只想利用你同情的弱點，來達成他們的需求。

（繼續第 870 首. 坦然接受的朋友）

就算你人際關係成功，平常也樂於助人，可是在你困苦時，主動幫助你的朋友，可能也只有少數幾個。

我希望你能了解什麼是朋友，而不是自己一個人，孤單的失意和落寞。真正的朋友，是有福同享有難同當，是能夠伴你度過難關、鼓勵你支持你和諒解你的那個人。

為此定義：好友與損友及普通朋友，你就能心胸開闊的坦然接受。

第 871 首. 你看那聖誕日的光

你看那聖誕日的光輝
為寒冬帶來暖暖的好天氣
為我們的假期增添了吉祥和如意
也照亮了我們美好的心情

你看為了保持良好的友誼
我願用真心來陪你
讓這個聖誕日的團聚
維繫你我濃濃的感情
豐富我倆精彩的生活

你看為了證明愛的意義
人們把祂信仰成偉大的真理
讓這些聖誕節禮物
送來幸福的甜蜜
滿足了我們快樂的假期

第872首.勤快的腳步

那些勤快的腳步
讓我踏實的走好
那已安排妥善的每一個步驟
讓我在培養良好的習慣
和提升效率的道路中
承擔起責任與要求
我要掃除那些拖延的藉口
在勤快的大道上獲得成就

我要克服那些惰性的軟弱
了解「一勤天下無難事」的根據
讓每一個腳步都朝著理想的目標前進
最終走向一種良好的生活環境
也要培養出刻苦勤奮的美德
以及樂於助人的性格
使身心健康精力旺盛
做起事來才能輕鬆自在
而不會再受現實所阻擋

第873首.臉書加好友及按讚

以前我總以為臉書的好友們
都會記得目前已加了多少的好友
也會常常向好友們祝福和鼓勵
但最後都因時間的問題而疏忽了好友

（繼續第 873 首. 臉書加好友及按讚）
這些陌生
後來我認為與那些
路過的風景有一些相似
而此時他們正喜新厭舊的
去尋找一些新奇的景觀
沒有方向也沒有原因

在臉書的動態消息中
我看到有一篇文章
正有氣無力的若隱若現
它背負了多少道德勇氣?
我看到有些人在他的貼文留言
是一些不同的想法坐上不同的位置
或許沒有人在意他們的身份高低
只需他們認同按讚即可

或者那些高人氣的人們
他們已加好數千網友的支持
正利用那新鮮嚮往的美圖
和即時創作的精彩
在引人遐想和製造另類的話題
邀人按讚並增加人氣

最近一個年輕好友
正寫篇人生道上不同遭遇
他採過野花、野菜也路過了荒涼
最後他停下腳步來解釋他的辛酸

（繼續第 873 首. 臉書加好友及按讚）
而深夜的燈光正在為他按讚鼓勵
只是他以為那是理所當然的事情

第 874 首 . 生命的春天

（詩歌未譜曲）

你是我生命的春天
溫暖了我愛的心田
我天天都喜歡看你
那青春綻放的笑臉

我天天真的好想你
那美麗溫柔的容顏
我天天都寫寫念念
把幸福傳到你心間

第 875 首 . 我們要了解生命的意義

生命的花，開得燦爛美麗而迷人。有的花，開得特別鮮艷，有的花，開得黯然失色。但是一樣是，花開花謝，它們不在乎，別人的看法，而在乎，自己如何精彩的綻放。所以生命，只是一個過程，在於生生死死，花開花謝的程序。重點是，我們不要貪生怕死，要了解生命的意義，才不會恐懼，才能健健康康，順其自然的活下去。

（繼續第 875 首. 我們要了解生命的意義）

生命的意義，有許多人不明白，生命有什麼意義。只知道活著就是要，有健康幸福和快樂，這當然是一定要的道理。只是每個人的環境，和命運不同，所以也是需要，彼此來做調整、學習，以及相互的忍讓和適應，才能在現實生活中，活出生命的意義。

有些人他們的遭遇不好，環境不好，可是他們看得多想得開，靠自己的努力白手起家，闖出一片天地。他們不怨天不尤人，那就是他們已經，明白人生的意義。為此人生的意義，不是強求，是量力而為，所謂：「天行健，君子以自強不息」、「天作孽猶可違，自作孽不可活」、「凡事盡人事，而聽天命」。就是這個道理。所以活著，就要有活著的意義，把自己的人生好好的規劃，不要連自己也看不下去，這樣要叫別人怎麼來幫你。

第 876 首.心靈的信仰

如今我已盡了最大的努力
至於命運的好壞那就順其自然吧
你看那天空的色彩
是簡單的藍是幸福的光明
它已任幾朵白雲悠悠飄過的自在

心裡的信仰是歷久而彌堅
無上的法喜已讓我的厄夢醒來
現在的我已明朗
未來迎接的是光明燦爛

（繼續第 876 首. 心靈的信仰）
我呼吸著清新的自然
看見朵朵幸福花開的信心
振作起低潮挫敗的勇氣
重新規劃起好環境
我願做個平凡的人
期待著一種信仰的真理
為自己的人生解釋出疑慮

第 877 首 . 思念中的徘徊

無情的風吹落了那片片的哀愁
傷心的雨灑下不少感覺的失落
一些路過的美景已模糊了雙眼
滿目的荒涼讓前途堪憂

黃昏收起滿是感嘆的光茫
暮色模糊看著孤獨的夜空
那真實的深刻
已物是人非都消逝在那最美的瞬間
只留下回憶在思念中徘徊

耳聽窗外細雨的呼喚
想起你在祝福中不斷的笑容
而遙遠的夢已褪色到了邊緣
就等待你開心把它重新妝扮
然後在那浪漫的夜裡
描繪上曾經的色彩

第 878 首 . 你讓我感動

如果我傷害了你
你會原諒我嗎?
即使我一錯再錯
你也不會一直的埋怨我
你總是讓自己傷心難過
而又無可奈何

或許有時候我很過份
甚至連說話都沒有考慮到你的感受
而當我設身處地為你著想的時候
才知道你是那麼的在乎我
所以請你再次原諒我的不是
你知道我並不是故意要犯錯
我也會漸漸的改過

在這世界上也只有你了解我
能容忍我的脾氣
你總是寬容的收拾
那風吹落的殘局和滿目的瘡痍
再次微笑的用所有幸福來感動我

第 879 首 . 喝酒不可過量（也不可酒駕）

有些人喜歡喝酒
常常喝多了以後

（繼續第 879 首. 喝酒不可過量（也不可酒駕））
脾氣就會變得很火爆
變得任性蠻橫不講理
甚至無法克制自己的衝動
而在言語和理智失控之後
就脫口而出內心隱忍的不滿
發洩了情緒高漲的怒吼

你們知道這後果的嚴重嗎?
他們常常為此得罪了人
而往往不知節制的就此罷休
常會弄得別人永無寧日的
不知如何替他們善後

渴望一個解釋的藉口
讓人打開了他們喝酒的理由
問他們來卻說 :「常要藉酒來澆愁」
我們怎能對此習已為常的麻煩
來感同身受呢?
為此當我們在舒緩壓力的同時
只能小酌怡情但不可酒後亂性
也不該增添別人的壓力和困擾
因此只能「對酒少喝為妙」
並不可過量也不能酒後開車

國家圖書館出版品預行編目資料

覃合理詩歌集／覃合理著. --初版.--臺中市：白象文化事業有限公司，2022.6
面； 公分
ISBN 978-626-7105-50-4(上冊 : 平裝). --
ISBN 978-626-7151-03-7(中冊 : 平裝)

863.51 111002751

覃合理詩歌集（中）

作　　者　覃合理
校　　對　覃合理
發 行 人　張輝潭
出版發行　白象文化事業有限公司
412台中市大里區科技路1號8樓之2（台中軟體園區）
出版專線：（04）2496-5995　傳真：（04）2496-9901
401台中市東區和平街228巷44號（經銷部）
購書專線：（04）2220-8589　傳真：（04）2220-8505
專案主編　李婕
出版編印　林榮威、陳逸儒、黃麗穎、水邊、陳媁婷、李婕
設計創意　張禮南、何佳諠
經紀企劃　張輝潭、徐錦淳、廖書湘
經銷推廣　李莉吟、莊博亞、劉育姍
行銷宣傳　黃姿虹、沈若瑜
營運管理　林金郎、曾千熏
印　　刷　基盛印刷工場
初版一刷　2022 年 6 月
定　　價　350 元